JULIENS

Sébastien VARAGNE

JULIENS

Editions Bénévent

envois de manuscrits :
Editions Bénévent — B.P. 4049 — 06301 Nice Cedex 4

A mon grand-père, disparu trop tôt

Adrien.

Paris, Orléans, Châteauroux. Les sorties défilent, la voiture fonce. Le rendez-vous a été fixé à onze heures, il n'y a pas de temps à perdre. Une vie entière passée sur les routes, à rouler à bloc. Et l'autre imbécile, à mes côtés, je ne peux pas le supporter celui-là. Il raye le parquet tellement ses dents sont longues. Je ne sais pas où ils sont allés le pêcher cet Adrien, mais je ne peux pas le supporter. Rien que sa tête, elle me donne envie de le frapper. C'est physique, je ne peux pas l'expliquer, c'est sa tête que je déteste, et puis ce qu'il y a dedans aussi. J'ai envie de le tuer.

Je travaille dans cette boîte depuis trente-deux ans. Je sillonne la France pour rencontrer les clients et leur parler des nouveaux produits. Trente-deux ans que je passe mon temps en voiture, trente-deux ans que je me fais chier à conduire des bagnoles qui n'avancent pas et que je pousse pour ne pas être en retard. Que les caissiers des autoroutes me rendent la monnaie d'un air mal aimable, trente-deux ans de pompes à essence et de sandwiches avalés en cinq minutes. Une vie de merde, je me dis.

– Vous êtes souvent allé à Limoges ?

Et en plus, il faut lui faire la conversation. Bien-sûr mon con que j'y suis souvent allé. Trente-deux ans de métier, tu penses si je connais les clients de Limoges. Adrien a vingt-deux ans, il sort tout juste de son BTS de commercial. Ou son BTS de dents-longues, je ne sais pas. Le patron l'a pris pour me remplacer, puisque je pars à la retraite dans deux mois. D'ici-là, je suis chargé de lui apprendre le métier, alors je le trimballe partout. Je le traîne, comme je traînerais un boulet. Il m'énerve. Il a les cheveux gominés, coiffés en arrière, on dirait une caricature. Le costume de commercial, le porte-documents du commercial, il est tout ce que je déteste. Moi, je n'ai jamais été commercial. Je suis tombé dans ce métier comme ça, parce que j'avais besoin d'un boulot pour nourrir mes gosses, et je n'ai jamais eu l'occasion de faire autre chose. Si j'avais pu, j'aurais changé de branche, mais les gosses poussent vite, et les années passent sans que l'on ait le temps de réaliser ses rêves.

– On va s'arrêter là.

J'ai envie de pisser, il faut qu'on s'arrête sur cette aire de repos. Et puis je commence à être crevé, je ne suis plus tout jeune. Il reste cent bornes avant d'être à Limoges, ma vessie ne tiendra pas. Je ne suis vraiment plus tout jeune.

– Vous voulez que je conduise ensuite ?

– Non, c'est gentil, mais ça va.

Il ne va quand-même pas me piquer le volant. Il me reste deux mois, il prendra ma place après. En attendant, c'est encore ma voiture, c'est encore moi qui conduis.

– Ah, c'est une station Total, je n'aime pas les stations Total.

– C'est juste pour pisser, jeune homme, je m'en fous que ce soit Total ou autre.

Il est incroyable. Monsieur n'aime pas les stations Total. Monsieur préfère Elf. Quel gamin celui-là, avec ses caprices idiots. Pour pisser, je ne vois pas la différence entre Total et Elf. Franchement, je ne vois pas la différence.

– Je vais rester dans la voiture, je vous attends.

C'est ça, reste ici. Je n'ai pas besoin de toi pour pisser, mon grand. Ne te sens pas obligé de venir, surtout que tu fais une allergie aux stations Total. Pauvre con. Et tu n'as pas intérêt à changer de radio pendant que je pisse, sinon ça va barder. J'ai déjà assez envie de te frapper, alors n'en rajoute pas. Mon cher Adrien.

– Vous êtes marié, Julien ?

– On est vraiment obligé de parler de ça ? J'ai plutôt envie de redémarrer et d'arriver rapidement à Limoges.

– C'est juste pour savoir, je ne voulais pas être indiscret.

– Je suis divorcé. Depuis dix ans déjà. Trois enfants, que je ne vois plus, et je suis seul depuis que ma femme est partie avec un routier. Voilà. C'est passionnant.

– Ils sont vieux vos enfants ?

Il ne lâchera pas. Il veut tout savoir. Il veut prendre ma place, il veut prendre mes secrets. Je n'en parle jamais de tout cela, de cette fichue solitude. Mais il ne me lâchera pas ce requin, alors autant que je crache le morceau maintenant. Au moins, il me laissera tranquille après.

– Ils ont tous la trentaine.

– Vous les voyez encore ?

– Non.

Ne me demande pas pourquoi, je t'en prie.

– Pourquoi ?

– Je ne suis pas certain d'avoir envie d'en parler. Et puis ça ne te regarde pas trop.

– Désolé. Je suis trop curieux, c'est mon défaut.

C'est l'un de tes défauts, nuance.

Heureusement, il faut doubler quelques camions, ça me permet d'échapper un peu à l'interrogatoire. Merci les amis routiers. Bon, d'accord, ma femme est partie avec l'un des vôtres, mais au moins, pendant que je vous double, l'autre ferme un peu sa bouche, ça fait du bien.

Son portable qui sonne. Manquait plus que ça. C'est sa copine, sa future femme comme il dit. Elle est blonde, elle est belle et brillante, d'après ce qu'il m'a dit entre Paris et Orléans. Il pose beaucoup de questions, et me déballe toute sa vie en prime. Je ne lui demande rien, mais il me déballe tout. Sans pudeur. J'ai envie de lui sortir que je n'en ai rien à foutre de sa vie, lui sortir ça direct, comme ça, sans prendre de pincettes. Mais je manque de courage pour envoyer balader les gens. Ma femme avait un don pour cela, je ne l'ai pas moi. Je n'ai aucun don d'ailleurs, depuis le temps je m'en serais rendu compte.

Sa copine va bien. Il lui manque, elle se demandait à quelle heure il rentrerait ce soir. Elle l'embrasse, elle l'aime, et lui aussi l'aime. A ce soir, ma chérie. Bisous. Combien de temps depuis que j'ai entendu quelqu'un prononcer ces paroles pour moi ? Combien de temps que personne ne m'aime plus ? Si longtemps, c'est tout ce que je peux répondre.

Adrien se recoiffe toutes les heures dans le petit miroir du pare-soleil. Les cheveux luisants, comme je déteste bien. Ils sont gras, lissés au maximum, on les voit briller à quinze kilomètres. C'est dégoûtant, repoussant je trouve. Et pourtant, la gomina fait partie de la panoplie du bon commercial, c'est du moins ce qu'Adrien a appris pendant son BTS.

– Ils font quoi dans la vie vos enfants ?

– Je n'en sais rien, gamin.

– Comment c'est possible ça ?

Pourquoi n'y a t'il plus de camions à doubler, Seigneur ? Pourquoi ?

– Je ne les ai pas vus depuis que ma femme s'est barrée. Ils sont partis avec elle et n'ont jamais voulu me voir, c'est aussi simple que ça.

– C'est incroyable.

– C'est pas si incroyable que ça quand on a un père alcoolique, on n'a pas toujours envie de le voir.

Voilà, tu es au courant maintenant. Ma femme n'est pas partie par hasard, pas uniquement partie pour un routier. On m'a aussi laissé tomber parce que j'avais un trop gros penchant pour la boisson.

– Je ne savais pas, désolé.

Il m'énerve à s'excuser tout le temps. Si vraiment ça te met mal à l'aise, arrête de me harceler avec tes questions. Mais si tu les poses, attend-toi à des réponses, qu'elles te plaisent ou non. Il m'énerve !

Tu veux savoir la vérité ? Et bien tu vas la savoir !

– J'ai toujours bu, depuis que j'ai seize ans. Une cuite par semaine minimum, depuis ce temps-là. Je n'ai jamais fumé, mon vice c'est l'alcool.

– Je n'aurais pas cru.

– Chacun cache son jeu, tu sais. Je bosse sérieusement, depuis toujours, mais je n'ai jamais réussi à me débarrasser de ce problème de boisson.

– Vous avez fait des cures ?

– Ma femme m'en a fait faire. Plusieurs fois, et sans résultat. Je ne pense pas pouvoir être récupéré. Mon foie est dans un sale état, je ne ferai pas de vieux os.

– Je suis désolé pour vous.

– Arrête d'être désolé. C'est pas très utile d'être désolé.

Là, je lui ai cloué le bec. Camion en vue, pied au plancher. Je roule vite là, et le trafic est dense, je sens que mon petit Adrien n'est pas très rassuré. Et avec tout ce que je viens de lui confier, il doit vraiment se sentir mal. Il se demande peut-être si j'ai bu aujourd'hui. Va savoir si je ne roule pas bourré. Non, mon petit, je n'ai pas bu aujourd'hui. J'ai trop souvent failli me planter sur la route à cause de la boisson, c'est terminé ça. Je me cuite ou je bosse, mais je ne fais jamais les deux en même temps.

Nous n'avons pas échangé un mot avant d'être à Limoges. Adrien était blême, il n'avait pas l'air bien du tout. Le rendez-vous s'est bien passé, travail vite et bien fait. A quinze heures, retour dans la voiture pour reprendre l'autoroute, direction Paris.

– Tu verras, la route te semblera longue à toi aussi, et très souvent. Tu n'as pas d'enfants pour l'instant, mais ça sera dur de les quitter et de ne pas les voir pendant trois jours parce que tu es sur la route.

– Je sais tout ça. Votre femme…

– Ne me parle plus de celle-là.

– Vous lui en voulez ?

– Je viens de te dire de ne plus m'en parler. Elle est morte pour moi, elle n'existe plus. Elle a décidé de sortir de ma vie, et elle en est sortie. Définitivement.

Je roule très vite. Je ne pourrais pas aller plus vite avec cette petite voiture, je la pousse vraiment au maximum. C'est la conversation qui me rend nerveux, et quand je suis nerveux je roule vite. Sinon, je me saoule.

– Tu es amoureux de ta copine ?

– Bien-sûr.

– Mon pauvre ! Tu vas lui manquer à être sur la route, elle va te demander de rester à la maison au lieu de rouler, et tu ne pourras pas, alors ça créera des tensions dans ton couple.

– C'est ça être commercial.

– C’est aussi ça être commercial. Bienvenue dans le métier.

– Vous avez trompé votre femme ?

– Tu es du genre à insister, toi.

J’ai horreur de ce genre de trous du cul qui insiste lourdement pour tout savoir sur votre vie. Oui, je l’ai trompée, quand j’étais moins gras et qu’elle était encore belle. C’était il y a longtemps, et le pire c’est que je ne regrette rien. Elle m’a trompé aussi par la suite, alors qu’elle n’a jamais été au courant de mes aventures.

– J’ai fréquenté une autre femme oui, il y a vingt ans.

– Longtemps ?

– Oui. Pendant trois ans environ. Elle était laide, en plus.

– Alors, pourquoi ?

– Pour exister, je suppose. On se voyait sur les aires d’autoroute, c’était rapide et pas fameux. Et puis elle en a eu assez de cette pseudo-relation. Elle m’a laissé sur une aire un jour, et je ne l’ai jamais revue. C’était assez sordide, quand j’y repense, mais ça ne m’a rien fait quand elle est partie.

– Votre femme n’a…

– Non, elle n’a jamais su. Je pense qu’elle m’en aurait parlé quand elle a décidé de divorcer.

Un camion, j’accélère. Un répit. En fait, je suis parti là, je déballe tout à ce petit merdeux qui ne connaît rien à la vie. Il sent le fils à papa à plein nez. Le genre de merdeux que je déteste.

– J’ai frappé ma femme aussi. Mes gosses, pareil. J’avais bu, à chaque fois, mais ce n’est pas une excuse. Je me suis retrouvé en garde à vue, deux fois, mais ça n’est pas allé plus loin. Ils n’ont jamais porté plainte, j’ai échappé à ça.

– Putain !

– Hé oui, difficile de croire que le bon vieux Julien est une ordure. Mais c’est comme ça.

Roule Julien, roule. C’est vrai que je suis une ordure. C’est pour ça que je n’ai pas été si surpris que ça quand ma femme est partie et lorsque j’ai compris que mes enfants ne voudraient plus jamais me voir. J’ai ce que je mérite, en fait. Je ne suis qu’un poivrot qui a cogné sur ses gosses et qui a trompé sa femme pendant trois ans avec un boudin. Et me voici en train de raconter ma vie à un jeune commercial plein d’avenir que je déteste.

J'ai ensuite raconté à Adrien comment ma femme m'a fait comprendre qu'elle me quittait: je suis rentré un soir, vers minuit, je revenais de Strasbourg. J'en avais plein les bottes, j'avais conduit seul toute la journée, sans autoradio en plus, et j'ai retrouvé la maison vide. On habitait dans un petit pavillon de banlieue, une maison sympa, avec les gosses. Je suis rentré, il n'y avait personne. Ni femme, ni enfants. Ils avaient tous fichu le camp, sans préavis. Ils n'avaient laissé aucune affaire leur appartenant, la moitié des meubles était partie. Pas un mot d'explication, pas une adresse où les joindre. Ma femme était enseignante, elle n'a pas dû avoir beaucoup de difficultés pour se payer un logement, d'autant qu'elle était avec son routier.

C'est le lendemain qu'elle m'a téléphoné. Elle m'a juste dit qu'elle demandait le divorce, qu'elle ne voulait plus jamais me voir, qu'elle était amoureuse d'un camionneur. J'ai pris une grande claque. Mais j'ai dû me faire une raison. Ils ne voulaient plus de moi, ça n'aurait servi à rien de s'accrocher. Je les ai laissés partir, ma femme a obtenu tout ce qu'elle voulait, le divorce est allé très vite. Maintenant, j'habite seul dans un studio. C'est une autre vie, enfin si l'on peut vraiment appeler ça une vie.

Le péage.

Un court instant, Adrien ne sait plus quoi dire. Je serais bien heureux de lui avoir cloué le bec, mais il revient toujours avec ses questions:

– Vous n'avez rencontré personne depuis?

– Mon vieux, avec le nombre d'heures que je passe sur la route, je n'ai pas le temps pour les bagatelles. C'était valable quand j'étais jeune ça, la famille, le boulot, la maîtresse. Je ne peux plus, maintenant.

Je voudrais être jeune, encore. Comme lui. Il a l'avenir devant lui, moi j'ai ma retraite devant moi. Ma retraite, et rien d'autre.

– Si ça se trouve, je suis grand-père et je ne le sais même pas. Tu vois, c'est con mais je comprends mes gosses de m'avoir renié. J'ai jamais été un bon père pour eux, je n'ai jamais rien fait avec eux. Le seul souvenir qu'ils doivent avoir de moi, c'est quand j'étais cuit et que je cognais sur tout ce que je voyais bouger. Tu aurais envie de parler à un père comme ça toi? Non, évidement.

Je sens que le petit Adrien commence à avoir un peu pitié de moi. Il doit se dire que je ne suis pas si mauvais que ça, puisque je suis conscient du mal que j'ai fait aux autres. C'est déjà ça.

– Tu veux boire un café, Adrien ?

– Merci, je veux bien.

Cette fois, je me suis arrêté dans une station Elf. Pas pour lui faire plaisir, c'est le hasard qui a voulu que la station la plus proche soit une station Elf. On a bu notre café. A vrai dire, je me sentais plutôt drôle d'avoir dit toutes ces choses à Adrien alors que je n'en avais jamais parlé à personne auparavant. Cela ne m'a pas spécialement fait du bien de déballer ma vie, au contraire je me sens nerveux bien plus que soulagé ou libéré. Et puis Adrien m'énerve toujours autant, avec ses cheveux luisant sous les néons Elf.

De retour dans la voiture, je me suis senti mal. J'ai eu du mal à respirer pendant une bonne trentaine de secondes. Adrien m'a demandé ce qu'il se passait, il commençait à paniquer, ce qui ne m'aidait franchement pas à retrouver mon souffle. Et puis ça s'est arrangé, tout seul.

– Tu sais depuis combien de temps j'ai pas baisé ?

Adrien m'a regardé bizarrement. Il devait s'attendre à toutes les questions sauf celle-là.

– Heu... non.

– Quinze ans. Je ne touchais plus à ma femme depuis longtemps quand elle est partie. Elle était devenue trop grasse pour m'exciter. J'ai envie que tu me suces, Adrien.

Le pauvre, il ne sait pas quoi répondre. Il doit penser que c'est une blague, ou un test. Tout en redoutant que ce ne soit pas une plaisanterie.

– Je ne plaisante pas Adrien, je veux que tu me suces maintenant. On va retourner dans la boutique, on va aller aux toilettes et tu vas me sucer.

Adrien a protesté, il a dit qu'il ne le ferait jamais, qu'il allait descendre immédiatement. Je ne me suis pas énervé. J'ai juste sorti mon Opinel, et j'ai fait comprendre à Adrien qu'il n'avait pas vraiment le choix.

Il m'a suivi aux toilettes. J'ai baissé mon pantalon et il m'a effectivement sucé, ça faisait si longtemps. Ensuite, je lui ai un peu appris la vie. Je l'ai fait se déshabiller, et je l'ai enculé. Il avait mal, mais il n'osait rien dire, même pas gémir. Il était terrorisé. Presque paralysé. C'était la première fois que ça lui arrivait.

– C'est le métier qui rentre, mon garçon.

On a ensuite repris la route, en silence. J'ai déposé Adrien devant chez lui. Toujours pas un mot. Le lendemain, les flics sont venus me réveiller.
– Alors, Monsieur, on recommence les conneries ? Et en plus cette fois on n'avait pas bu ? C'est du joli tout ça. Allez, venez là sans faire d'histoires.

A deux mois de la retraite.

Annie.

Mon père a cinquante ans aujourd'hui. Donc, nous avons droit à une fichue réunion de famille, une de plus. Et puis il va y avoir Annie, évidemment. Elle, c'est la cerise sur le gâteau. On va encore faire semblant de s'apprécier, on va encore faire semblant d'être content d'être là, pour ne pas vexer papa.

Annie, c'est ma belle-mère. Papa s'est remarié, il y a déjà huit ans. Le divorce de mes parents a été un véritable traumatisme pour moi, je n'arrive toujours pas à m'en remettre. Mes frères l'ont plutôt bien vécu, moi pas. Il faut dire qu'ils sont plus jeunes que moi, ils avaient sept et cinq ans à l'époque, alors que j'en avais seize et que j'étais en âge de tout comprendre. Eux, ils aiment bien Annie, enfin disons qu'ils n'ont rien contre elle. Moi, si. Je ne m'en suis jamais remis, je ne m'en remettrai jamais, c'est certain. Je déteste Annie, et j'en veux toujours autant à papa, d'ailleurs je ne vois plus papa très souvent, là je fais un effort pour ses cinquante ans. Mais qu'on ne me demande pas de sourire en trinquant à sa santé, ça je ne pourrai pas. Pauvre maman, si elle voyait tout ça, elle en serait encore plus morte.

Annie a cinq ans de moins que papa. Ce n'est pas une petite jeune. Elle avait d'ailleurs le même âge que maman.

Elle est la bourgeoise typique de province, arrivée à mi-chemin entre les quarante et les cinquante ans. Les cheveux colorés en blond pour cacher les cheveux blancs, le tailleur bon marché, la Peugeot 106 verte pour aller au boulot. Je ne sais même pas où travaille Annie, et à vrai dire je m'en fous complètement. Elle ne m'intéresse pas, je n'ai pas envie de faire ami-ami avec elle. La seconde épouse de mon père, elle n'est rien d'autre que cela pour moi, elle ne sera jamais rien d'autre. Si je lui adresse la parole parfois, ce n'est que parce que je suis bien élevé, c'est par pure politesse. Et Annie sait bien que je ne l'aime pas, elle a cessé depuis longtemps de faire des efforts pour que je lui en veuille moins.

Avant de connaître Annie, ma vie était plutôt belle. J'étais un garçon normal, bien dans ses baskets, j'avais des copains avec qui je jouais au foot, les petites filles m'aimaient bien en général, je n'avais aucun problème dans ma vie. Puis Annie est apparue dans ma vie. Brutalement. J'avais quatorze ans, presque quinze, j'étais au collège. Tous les mardis, je sortais de cours à seize heures. Mais, un jour de mai, mon prof de maths était absent, et j'ai fini à quatorze heures. Je suis rentré à la maison, normalement il ne devait y avoir personne, puisque papa et maman travaillaient. Je suis donc rentré, sans me douter de rien. J'avais juste faim, très envie de goûter.

J'ai trouvé papa au lit avec Annie.

Je ne sais pas qui s'est trouvé le plus con à ce moment-là. Le fils, qui voit son père au lit avec une autre femme que sa mère. Le père, surpris par son fils. Ou la maîtresse, nue dans le lit d'une autre.

En tout cas, ça m'a détruit. Oh, ça n'a pas détruit que moi. Le mariage de mes parents y est passé aussi. Un an et demi de procédure, d'avocats, de convocations chez le juge aux affaires familiales. Un an et demi de cris et de pleurs surtout, les parents qui ne font plus que s'engueuler, se traiter de tous les noms, le père qui s'en va vivre ailleurs, la mère qui fait une dépression. Et moi, au milieu de tout ça, qui n'ose pas dire que je suis malheureux, et qui n'intéresse plus personne. Papa et maman étaient trop occupés à s'entretuer pour voir que j'allais mal. Les deux frères ont mieux vécu toute cette période, déjà parce qu'ils n'ont pas surpris papa et Annie, et puis parce qu'ils ne comprenaient rien à ce qu'est un divorce.

Maman est morte il y a presque deux ans. Officiellement, elle est morte d'une fibrose des poumons. En réalité, c'est le divorce qui l'a tuée, je le sais. Elle ne s'en est jamais remise. Elle n'a jamais trompé papa, ça j'en suis certain, et elle l'aimait sincèrement jusqu'au jour où je suis rentré trop tôt. Après, plus rien n'a été pareil. Ma mère a perdu sa joie de vivre, elle a perdu le goût des choses. Elle a beaucoup maigri, elle est tombée en dépression, et puis il y a eu le déménagement, nous avons dû quitter la maison, devenue trop grande et trop chère après le départ de papa, elle a eu du mal aussi à se séparer de cette maison qu'elle aimait tant. Elle n'a pas tenté de refaire sa vie, elle n'a fréquenté personne après le divorce. Elle a continué à travailler et à s'occuper de nous, comme avant, en essayant de pleurer le moins souvent.

Papa, quant à lui, s'est installé dans un grand appartement du centre-ville avec Annie. Il n'a pas trop fait d'histoires pour le divorce, il a toujours payé la pension sans problème, une pension assez élevée d'ailleurs, il faut dire qu'il a les moyens. Il est architecte-décorateur, ça paie plutôt bien. Annie était l'une de ses clientes avant de devenir sa maîtresse, il la fréquentait depuis quelques mois déjà avant que je ne les surprenne. D'ordinaire, ils allaient à l'hôtel, ou chez elle, mais ils ont dû trouver ça excitant de le faire dans le lit conjugal de monsieur, pour une fois. Pas de chance, je finissais à quatorze heures.

Il y a un peu moins de trois ans, maman est tombée malade. Elle m'a appelé chez moi, pour me prévenir qu'elle allait faire des examens à l'hôpital car elle toussait sans arrêt. J'étais à Lyon, dans ma chambre d'étudiant, et j'ai senti que ma mère était inquiète, qu'elle savait déjà au fond d'elle qu'elle était malade. Une semaine plus tard, elle était hospitalisée car elle crachait du sang. Les examens n'ont pas révélé ce qu'elle avait, les médecins ne comprenaient pas. Elle est allée mieux, pendant quatre mois, puis a recommencé à tousser et cracher du sang, nouvelle batterie d'examens. Verdict : fibrose des poumons. Elle est retournée à l'hôpital, et y est morte six mois après. Ils ont essayé tous les traitements possibles, rien n'a pris. Elle reprenait le dessus, de temps en temps, puis rechutait quelques jours après, sans que les médecins puissent l'expliquer. Elle est morte le quinze août, à bout de forces dans sa lutte contre cette saloperie de maladie.

Officiellement, la fibrose ne peut pas être une conséquence du divorce. Mais au fond de moi, je reste persuadé qu'elle serait toujours en vie aujourd'hui si papa ne l'avait pas laissée tomber.

Annie était à l'enterrement de maman, avec papa. J'ai trouvé ça nul d'être venue. J'aurais vraiment préféré ne pas la voir ce jour-là. Elle accompagnait son époux aux funérailles de son ex-femme, ça m'a fait tellement mal quand elle est venue me présenter ses condoléances. J'avais envie de la griffer au sang, de la traiter de salope, de lui dire que tout était de sa faute. Mais je suis trop bien élevé pour faire ce que j'ai envie de faire. Je suis aussi trop poli pour détester mon père, qui n'est venu rendre visite à maman que deux fois à l'hôpital. Encore une chose que je ne lui pardonnerai jamais.

Quand maman est tombée malade, mes deux frères sont partis vivre chez papa. Aujourd'hui, ils sont très proches de lui, bien plus que moi.

Je n'ai pas apporté de cadeau pour mon père. Je ne vois pas ce que je pourrais lui offrir, et surtout je n'ai pas envie de lui faire de cadeau. Je suis venu, c'est déjà pas mal, je trouve. C'est Annie qui m'ouvre la porte.

– Bonjour, Julien, entre.

Elle a un large sourire que je sens forcé. Annie n'a rien contre moi. Seulement, si elle a réussi à gagner l'estime de mes frères, elle n'a pas la mienne, et ça la met mal à l'aise en ma présence. Il faut ajouter à cela que je l'ai vue toute nue dans le lit de ma mère, ça contribue à notre embarras réciproque. Annie porte un tailleur sombre, pour changer. Elle me donne l'impression de porter un uniforme parfois, elle est toujours habillée de la même façon.

Mes frères sont dans le salon, en train de boire une coupe de champagne.

– On a commencé sans toi, me dit Franck.

– J'ai l'habitude que l'on commence sans moi, ne vous en faîtes pas.

– Tu ne vas pas commencer à faire ta mauvaise tête !

Si. Je n'avais pas envie de venir, je n'en ai rien à faire de l'anniversaire de mon père, et puis je ne veux pas voir Annie, et puis mes frères m'énervent à jouer les gosses de riches, à caresser papa et sa femme dans le sens du poil, à ne même plus savoir comment était maman. Je sais qu'ils sont encore jeunes, qu'ils n'ont pas vu beaucoup maman pendant qu'elle était malade, que cela leur aurait plus fait du mal qu'autre chose, mais ça m'énerve quand-même.

Sourire, il ne faut pas que j'oublie de sourire. Je suis poli, je dois sourire. Je me suis assis sur le canapé en cuir, qui doit coûter une petite fortune. Mes deux frères sont assis en face, Annie est à la cuisine. Quant à mon père, il est parti faire une course. Personne ne parle, bonjour l'ambiance. Pourtant, Annie semble de bonne humeur.

Mon père arrive enfin. Je ne l'avais pas vu depuis quatre mois, il a pris un coup de vieux.

– Bon anniversaire, papa.

– Merci d'être venu, Julien, ça me fait plaisir de te voir. Alors, comment vas-tu ?

– Bien, merci.

– C'est tout ? Et les études, tu t'en sors ? Tu as trouvé le sujet de ta thèse ?

– Pas encore, on y réfléchit avec mon directeur de recherches.

– Tu es venu tout seul ? Quand vas-tu me ramener une belle-fille ?

Je ne préfère pas répondre. Pas envie de parler de ça avec lui, pas envie de lui avouer que je suis homo. De toute façon, il n'en a rien à foutre de ma vie, au fond, sinon il trouverait le temps de prendre de mes nouvelles plus souvent. Maman savait que je suis pédé. Elle l'avait bien pris. Elle m'avait juste dit :

– Tu sais, l'important c'est que tu sois heureux. Le reste, ça n'a pas d'importance.

Papa ne dirait pas ça. Papa me traiterait de tapette, je pense, il n'a jamais pu aimer les homos.

Je suis attiré par les garçon depuis le divorce. Avant ça, j'avais plutôt envie de connaître des filles. Après, je n'ai plus eu envie que de mecs, sans que je sache vraiment s'il y a un rapport entre divorce et homosexualité. Peut-être qu'être homo me garantit de ne pas revivre ce qu'ont vécu mes parents. Peut-être. Toujours est-il que papa ne sait pas que j'aime les hommes, et qu'il me demande à chaque fois pourquoi je ne viens pas accompagné.

Papa a les cheveux blancs, entièrement. Il a encore grossi, mais il a bonne mine. Son crâne s'est dégarni, aussi, il fait ses cinquante ans.

– Viens, Julien, on va ouvrir une bouteille.

– Tu sais bien que je ne bois pas !

– Ha, oui, c'est vrai… Tu veux boire quoi alors ?

– Un coca, ça m'ira très bien.

– Bon, je vais dire à Annie de t'en apporter un, et puis je vais nous chercher une bonne bouteille !

L'après-midi passe lentement. Je m'ennuie. J'entends mes frères qui s'envoient des vannes à la figure, ça ne me fait pas vraiment rire, mon père parle de son boulot, encore et encore, pensant que cela nous intéresse, et Annie fait le service. Mon père la prend pour sa boniche parfois. Annie, fais ceci, Annie, fais cela… Il n'était pas comme ça avec maman. Ou alors j'étais trop jeune pour m'en rendre compte.

J'ai envie de partir. Mais je dois attendre le gâteau. C'est un anniversaire, il doit y avoir un gâteau, partir avant serait impoli. Alors je reste, silencieux dans le canapé, à attendre le gâteau pour pouvoir me sauver, retrouver mon studio, et mon chat. Annie revient à la charge :

– Tu es certain que tu ne veux pas goûter au champagne, Julien, il est délicieux.

– Non, merci, Annie. Vous savez que je ne bois pas.

Annie me tutoie. C'est depuis le mariage avec papa, elle m'a demandé si elle pouvait me tutoyer, j'ai bêtement dit oui. Elle m'a demandé de faire pareil avec elle, mais je ne peux pas. Et puis je ne veux pas, le vouvoiement met une certaine distance entre nous, et je ne souhaite pas que cette distance disparaisse. Tu n'es que la femme de mon père, ma chérie.

Mes frères la tutoient, évidemment. Mais eux vivent sous le même toit qu'elle depuis plus de deux ans. Et puis eux semblent sincèrement l'apprécier, ce qui n'est pas mon cas.

Le mariage de papa et Annie était réussi, paraît-il. Je n'ai assisté qu'à la cérémonie chez le maire, je n'ai pas voulu rester à la soirée. J'étais venu par politesse envers papa, encore une fois. Maman était restée à la maison avec mes frères encore petits, j'étais rentré le plus vite possible. Et puis, le divorce venait à peine d'être prononcé, ce mariage était venu si vite. Papa ne s'est pas rendu compte du mal que cela me faisait, et encore moins de ce que maman souffrait.

Enfin, voici le gâteau. Bien-sûr, c'est du chocolat, et je déteste le chocolat. Je vais encore dire que je n'en veux pas, je vais encore passer pour celui qui ne veut pas faire plaisir, celui qui boude dans son coin, alors que je déteste vraiment le chocolat, ça me fait vomir. Je n'y peux rien, ça a toujours été comme ça. Tout le monde sait que je n'aime pas le chocolat, et pourtant on va me proposer une part de gâteau.

– Tiens, Julien, prend une part.

– Non, merci. Je n'aime pas le chocolat.

– Allez, pour une fois, ça ne te fera pas de mal !

– Si, justement. Je ne peux pas en manger. Vous le savez tous, je n'ai jamais aimé le chocolat. C'est pas possible ça, à chaque fois vous faîtes le coup !

Je m'adresse à tout le monde. A mon père, qui devrait me connaître, à mes frères, qui ne savent rien de mes goûts et de ma vie, à Annie qui insiste pour que je goûte à son gâteau. Et, encore une fois, je gâche l'ambiance.

Annie est vexée. C'est elle qui a fait le gâteau, un bon gros gâteau au chocolat pour l'anniversaire de son époux. Alors, il faut le manger, tout le monde doit le manger. Y compris ceux qui détestent le chocolat.

– Allez, Julien, pour me faire plaisir.

Connasse. Tu penses vraiment que j'ai envie de te faire plaisir ? Je sais que mon père aurait de toute façon trompé ma mère un jour ou l'autre, avec une autre que toi. Peut-être même que tu n'as pas été sa première maîtresse, peut-être même qu'il continue d'en avoir une aujourd'hui. Je sais que ce n'est pas vraiment ta faute si le mariage de mes parents a volé en éclats. Je ne t'en veux pas plus que ça, au fond. Mais ne me demande pas de te faire plaisir, car on est pas pote. Je ne te déteste qu'à moitié, c'est déjà bien. J'accepte de t'avoir en face de moi, de te répondre poliment, ne m'en demande pas plus. Ne me demande pas de te faire plaisir.

Je ne cèderai pas. Je n'en prendrai pas de ton gâteau.

– Non, vraiment.

Ils sont tous assis autour de la table, mangeant le gâteau. Moi, je suis resté sur le canapé, j'attends qu'ils aient fini pour m'en aller. La politesse, toujours. Mon père décide d'emmener mes frères au cinéma. Il a toujours eu des envies soudaines, comme ça. Mes frères sont partants, évidemment.

– Tu viens avec nous, Julien ?

– Non, je vais rentrer. J'ai du travail. J'ai des copies à corriger.

– Des copies de quoi ?

– Rien, t'occupe.

Et dix secondes plus tard, les voici partis au cinéma. Du coup, je me retrouve tout seul avec Annie.

– Bon, je vais y aller.

– Tu ne veux pas rester encore un peu, Julien ? On pourrait discuter.

Discuter ? Mais discuter de quoi ? Je n'ai rien à te dire, et je n'ai rien envie de te dire.

– Comment ça ?

– Je sais que tu ne m'aimes pas, Julien, je voudrais juste savoir comment je dois faire pour que tu me détestes moins.

C'est pire que tout cette conversation. Pourquoi faudrait-il que je te déteste moins ?

– Je n'ai rien contre vous, Annie.

– Si, et tu le sais très bien. Je ne te demande pas de m'aimer, je te demande juste de me détester un peu moins.

– A quoi ça va vous servir que je vous déteste moins ? Soulager votre conscience d'avoir foutu en l'air le mariage de mes parents ?

– Pas du tout.

– Bah alors, à quoi ça va nous avancer ?

– Excuse moi, je n'aurais pas dû te parler. Après tout, restons chacun un étranger pour l'autre.

– Voilà, exactement. Vous n'êtes rien pour moi, restez ce rien.

– Tu es méchant, Julien.

– Parfaitement, je suis méchant. Mais moi je n'ai pas ruiné un mariage.

– Je savais que tu dirais ça. Il t'a fallu huit ans pour me le dire, mais tu l'as dit.

– Bon, j'y vais, parce que je n'ai pas envie de m'énerver et de devenir grossier.

– Ce n'est pas ma faute si ton père est volage, quand-même.

– Au moins, j'espère qu'il l'est toujours autant, ça vous fera les pieds.

– Sors !

– Avec plaisir !

– Et ne remet plus les pieds ici !

Ne t'inquiète pas, je ne reviendrai pas avant les soixante ans de papa. Je ne vois pas pourquoi je continuerais à faire semblant d'apprécier cette famille qui a enterré maman sans un pleur, allez tous au Diable !

Je me suis levé, j'ai pris mon manteau et je suis sorti en claquant la porte. Dans les escaliers, je me suis mis à crier. En insultant Annie de salope, de connasse, de pute. Et je me suis juré de ne jamais la revoir, et pareil pour mon père et mes frères. Jamais.

Je suis monté dans ma voiture, me suis mis à pleurer. Tu me manques, maman.

Aurélie.

Encore aujourd'hui et c'est le week-end. Je suis crevé, c'est affolant, je n'en peux plus. Je ne pensais pas qu'être animateur au centre aéré serait si épuisant. Je me couche tous les soirs en rentrant, pas la force de faire autre chose que de récupérer de la journée. Il est huit heures trente, les enfants vont monter dans le bus. Avec eux, Aurélie. C'est idiot, j'ai hâte d'être en week-end pour me reposer, mais ça me fait chier de ne pas voir Aurélie, ni demain, ni dimanche.

Aurélie s'occupe du groupe des grands au centre, et moi de celui des petits. Je ne la connaissais pas avant de bosser au centre, mais je l'ai repérée dès la réunion de l'équipe d'animation. Elle portait un débardeur noir, avec un décolleté qui m'a sauté aux yeux rapidement. Surtout elle a un visage d'enfant, un sourire rempli de malice, elle a la joie de vivre au fond des yeux. J'adore ses yeux, son sourire, j'adore cette bouille irrésistible. On s'est peu parlé les premiers jours, la première semaine en fait. Et puis, on a commencé à dire des conneries ensemble, à se voir dans le bus de ramassage des enfants tous les matins, on a appris à se connaître peu à peu. Alors, j'ai commencé à aimer son caractère encore plus que son visage. Elle me plaît physiquement, et elle sait me faire rire. Surtout, on n'arrête pas de se chamailler, de se chercher, de rire ensemble pour un oui ou pour un non, au moment où je l'aperçois dans la journée, je commence à me sentir léger, l'envie de chanter et de faire le pitre me prend. J'ai envie d'aller l'embêter, de lui dire qu'elle est folle, ou belle, de lui faire un bisou ou de lui mettre un baffe pour qu'elle me la rende et que l'on se batte gentiment.

Voilà Aurélie qui monte dans le bus, après les enfants. Elle me sourit. Son si large sourire, son sourire qui veut dire : "Salut, c'est moi, je suis de retour pour t'embêter un peu !".

– Salut, ça va, Julien ?

– Oui et toi, la forme ?

– Bien, bien… Contente que tu sois là, je vais pouvoir emmerder quelqu'un.

Et le bus démarre. Le temps de dire à plusieurs enfants qu'il faut rester assis dans le bus, le temps de vérifier la liste des gosses présents ce matin, et Aurélie s'installe à côté de moi.

– Tu es toute belle aujourd'hui !

En effet, elle a laissé son vieux survêtement d'hier pour mettre un pantalon beaucoup plus classe. Et puis elle a encore un décolleté qui a tendance à me faire loucher.

Ils me font chier ces enfants. Toujours un qui a quelque chose qui cloche. Du coup, Aurélie se lève pour aller voir quel est le problème, et elle n'a pas le temps de me répondre. J'aimerais bien que l'on se retrouve rien que tous les deux, sans enfants autour nous empêchant de parler.

Enfin, elle revient s'asseoir. Ses yeux sont noisette, les yeux légèrement en amande. Elle a les cheveux châtains, assez foncés, courts. Elle a toujours son air malicieux, elle me plaît. Le chauffeur roule moins vite aujourd'hui, il faut dire qu'il a détruit un rétroviseur hier en approchant de trop près un arbre, alors il semble moins pressé d'arriver au centre. Il fait encore un temps de chien ce matin, décidément le début du mois de juillet est pourri tous les ans.

– Alors, tu as fait quoi hier soir ?

– Bah rien. Je suis trop crevé le soir, je me couche directement en rentrant.

– Sérieux ? Le petit Julien est fatigué de ses journées…

– Ne commence pas…

– A quoi ?

– A me chercher !

C'est un jeu permanent entre nous. On se cherche constamment, j'adore quand elle me provoque, et elle de son côté n'arrête pas de me chercher.

Encore un gamin qui a un souci. Ils n'arrêtent décidément jamais d'avoir des problèmes. Cette fois, c'est moi qui me lève pour régler le drame : c'est le garçon de derrière qui lui a piqué sa casquette. Vraiment, pas la peine de pleurer pour ça. Bien-sûr qu'il va te la rendre. Allez, rend-lui, toi, vite. Hop, voilà, c'est réglé. Retour auprès d'Aurélie maintenant.

– Tu as fait quoi comme études, Julien ?

– Je viens d'avoir ma licence en histoire.

– Oulà, pas si bête que ça alors !

– Ha, ha, ha... Faut croire que non. Et toi, ma chérie ?

– Je suis encore au lycée. Je retape ma terminale.

– C'est marrant, je pensais que tu étais à la fac.

– J'ai que dix-neuf ans moi !

D'ailleurs, elle en a marre du lycée. C'est bizarre, mais je ne l'imagine pas assise derrière une table dans un lycée, écoutant le prof. Sûrement parce que je la vois tous les jours courir avec les gosses, et puis je l'imagine plus dans un café enfumé, discutant avec des garçons et les faisant rire, les tenant sous son charme, leur lançant ces sourires qui moi me font tomber. Je suis certain qu'Aurélie fait craquer tous les mecs à qui elle souhaite plaire. Elle sait comme elle est faite, comme son physique n'est qu'un atout pour elle, et comme son grain de folie ajoute à son charme.

Nous sommes arrivés au centre. Les enfants descendent du bus, je les compte. Aurélie les accompagne jusqu'aux salles, elle me manque déjà. Et puis, les enfants retrouvent leur groupe, je suis séparé d'elle pour toute la matinée.

Ce matin, je fais peindre les enfants. J'en ai huit avec moi, ils sont calmes. Pas très doués avec les pinceaux, encore qu'ils ne se débrouillent pas si mal, après-tout ils sont encore petits. Pendant qu'ils mettent de la couleur partout sur leur feuille, moi je pense à Aurélie. Je ne sais pas trop ce qu'il m'arrive. Depuis lundi en fait, je ne pense plus qu'à elle.

Et pourtant…

Et pourtant, j'ai une copine. Amélie. Elle a mon âge, elle bosse dans une boîte d'import-export, je suis avec elle depuis huit mois. Je l'aime, enfin je crois. J'aime être avec elle, même si nous nous voyons peu ces jours-ci à cause de nos boulots respectifs. J'aime quand nous faisons l'amour dans son lit, ce lit plein de nounours de toutes les couleurs. J'ai des projets avec elle, et je n'arrête pas de lui dire qu'elle est la bonne personne. Celle que j'attendais. Et ce matin, alors que les mômes peignent, c'est à Aurélie que je pense. Je ne pense rien de spécial, je me demande juste ce qu'elle fait, où elle est, avec quels enfants, comment ça se passe ce matin pour elle. Je me demande si elle pense un peu à moi, aussi. Je pense à Amélie également, et me demande pourquoi je pense plus à Aurélie qu'à elle…

Merde, il a renversé de la peinture partout celui-là…

Midi. Le but du jeu est de se trouver une table avec des enfants calmes pour ne pas passer le repas à gueuler aux mômes de s'asseoir ou d'arrêter de faire le singe. Le but du jeu est aussi de s'installer à une table pas trop loin de celle d'Aurélie, pour pouvoir croiser son regard de temps en temps. Voilà, deux paramètres à prendre en compte dans le choix de la table : Le calme et Aurélie. Attend, si je me mets là, ça devrait aller. Mission accomplie, ceux-là ne font jamais de bruit, et elle est juste en face de moi. J'ai de la chance, j'ai toujours eu de la chance. Je sens que je vais passer un bon repas.

Niveau calme, tout va bien. Niveau vue sur Aurélie, c'est parfait aussi. Le seul truc qui cloche, c'est la nourriture. C'est vraiment mauvais. On nous sert dans des barquettes à peine décongelées, ce n'est pas mangeable. J'ai pourtant faim, mais je n'arrive pas à avaler cette viande, c'est du caoutchouc. Les patates ne sont pas cuites, et en dessert, nous avons le droit à une pêche pas mûre. C'est tous les jours la même histoire, tous les jours je me lève de table en ayant encore plus faim qu'en m'asseyant. Aurélie me fait la grimace, elle aussi trouve ça dégueulasse. Je ne vois d'ailleurs pas qui pourrait trouver ça bon.

Après le repas, nous avons une petite pause. La moitié des animateurs surveillent les enfants pendant que l'autre prend trente minutes pour souffler un peu, puis l'on tourne. Je m'arrange pour prendre ma pause en même temps qu'Aurélie, histoire de ne pas perdre mon temps. On se retrouve dans la salle réservée aux animateurs, devant notre tasse de café. Elle s'est assise en face de moi, toujours aussi souriante. C'est elle qui me parle en premier :

– Ce matin, ça s'est bien passé ?

– Oui, et toi ?

– Bof, j'avais tous les gosses un peu chiants du groupe, j'ai eu du mal.

– Tu as fait quoi comme activité ?

– J'ai fait un jeu, mais j'ai dû accepter qu'ils fassent un foot à la place au bout de cinq minutes. Quand ils ne veulent pas jouer, c'est pas la peine de discuter. Donc on a fait un foot.

– Moi, j'étais bien avec les miens, on a fait peinture.

– Le truc bien reposant, quoi !

– Si on veut…

– Il faut dire que le petit Julien est bien fatigué !

Elle n'a pas oublié. Elle n'a pas oublié qu'elle avait commencé à me taquiner avec cela ce matin, et qu'elle n'avait pas eu le temps de terminer.

– Bin oui, je suis fatigué. Il faut dire que moi je bosse vraiment ici, je ne fais pas semblant.

– Hein ?

– Je ne me contente pas de surveiller le foot…

– Connard !

Elle a lancé ce mot dans un grand sourire. Comme un défi : continue à répondre à mes taquineries.

– Hou… Mais elle se lâche Aurélie aujourd'hui !

Un nouveau sourire. J'adore son sourire, il me fait vraiment craquer, à chaque fois. J'ai la main posée sur la table. Pas le temps de voir venir la tape qu'elle me donne sur la main.

– Ne commence pas, Aurélie, tu sais comment ça va se terminer !

– Tu crois que tu me fais peur ? Tu n'as même pas de réflexes, comment veux-tu que j'aie peur de toi ?

– Tu devrais avoir peur en tout cas.

Un papier traîne sur la table, je le mets en boule et lui jette à la figure.

– Tu crois que c'est ça qui va me faire taire ?

– Ta gueule !

Nous sommes deux enfants qui se cherchent. Ni plus, ni moins : deux gosses.

Nos chamailleries cessent là. L'animateur qui travaille dans son groupe a besoin d'elle pour préparer un jeu, alors elle me quitte. Non sans me tirer la langue avant de se lever. Ce n'est que partie remise.

L'activité de l'après-midi : tournoi de pétanque. C'est un peu ringard, mais ça plaît plutôt aux mômes, ils ont l'air de s'amuser. Et la principale occupation pour moi, c'est comme ce matin : penser à Aurélie. Le temps passe vite lorsque l'on a quelqu'un à l'esprit. Il est déjà seize heures, ça va être l'heure du goûter. Bon, où en sont-ils déjà dans leur partie ? Il ne sont pas encore arrivés à treize points ?

Le goûter est mangeable, alors je tente de compenser mon semi-jeûne forcé du midi en me goinfrant de petits gâteaux. Et là, un petit bout de bonheur pour moi tout seul : Aurélie qui arrive.

– Coucou, les enfants !

Elle se met à côté de moi, dans l'herbe.

– Tu me manquais trop Juju, alors je suis venue te faire un petit coucou.

– Je te manquais ?

– Non, pas vraiment, en fait j'en ai marre des enfants de mon groupe alors je me réfugie ici pour quelques instants.

– Ah, je me disais aussi…

– Mais, tu me manquais un peu quand-même !

– Sale menteuse !

Encore une tape sur la main. Les enfants de mon groupe, qui goûtent près de moi, assistent à la scène avec amusement. Ils rigolent de voir deux animateurs se chamailler comme ils le font entre gamins.

Je me souviens, quand j'étais à l'école primaire, je n'arrêtais pas d'embêter les filles dont j'étais amoureux. Je leur tirais les cheveux, leur courais après dans la cour, leur mettais quelques coups de pieds aussi parfois. Mais au fond de moi, je les adorais plus que tout, j'étais amoureux d'elles comme on est amoureux à dix ans. Je fais pareil avec Aurélie, exactement pareil.

Elle m'a donc tapé la main. Ma réplique est immédiate. Je lui prends le bras, et le tords.

– Vous voulez que je lui fasse mal, les enfants ?

– Non !!!!

Ils ont répondu en chœur, comme un seul.

– Tu as de la chance, Aurélie, je ne te casse pas le bras pour cette fois. Mais méfie-toi !

Elle est morte de rire, malgré le bras tordu. Je ne lui fais pas mal, mais elle est dans une drôle de position, le bras dans le dos et remontant vers le cou. Au moment où je la relâche, elle me lance :

– Sale bête ! Tu vas voir !

– Tu me menaces, maintenant ?

– Oui, parfaitement ! Bon, il faut que je retourne avec mon groupe, avant qu'ils ne fassent des bêtises !

– A toute à l'heure, dans le bus.

Oui, vivement le bus, vraiment.

Dix-sept heures, l'heure du bus pour rentrer chez soi. Dans une heure, je suis sur mon lit, à dormir. Avant de faire l'appel des enfants montant dans le bus que je prends, je jette un coup d'œil à mon portable, pour voir si j'ai un message.

"Je t'aime, travaille bien, tu me manques." Un message d'Amélie.

Aurélie prend le même bus que moi le soir. Elle s'est assise à côté de moi, le bus démarre.

– Je suis complètement crevé.

– Je sais, je sais, Julien est toujours fatigué... J'avais compris du premier coup, tu sais.

– Merci de te taire, ça ferait du bien.

La moitié du trajet se passe ainsi, querelle d'enfants. Je l'énerve, elle me répond, on se chamaille. J'ai l'impression de retrouver mes dix ans, quand j'ignorais encore que les filles ça fait pleurer autrement qu'en mettant des coups de pieds. Puis Aurélie change la conversation :

– Tu vas faire quoi ce week-end ?

– Rien de prévu pour l'instant, je ne sais pas trop en fait. Et toi ?

– Rien non-plus.

Nous arrivons à l'arrêt de bus. Les enfants descendent, quelques parents viennent nous parler ou demander des renseignements. Puis Aurélie et moi nous retrouvons seuls dans la rue, comme tous les soirs. Elle rentre à pieds chez elle d'habitude, en remontant la rue dans laquelle le bus s'est arrêté, alors que moi je descends cette rue pour rentrer chez moi. Ce soir, je ne suis pas pressé du tout de lui dire au revoir, j'ai même plutôt envie qu'on reste encore un peu ensemble, parce que le week-end sera déjà assez long sans elle, ce n'est pas la peine de se sauver trop vite. Je préfère rester parler un peu avec elle.

– Tu viens, on s'assoit un peu sur le banc ?

Julien, tu viens d'avoir une bonne idée. Elle s'assoit sur ce banc, et moi à côté d'elle.

– C'est passé vite cette semaine, je trouve.

– Avec les enfants, ça passe toujours vite, c'est ce qui est bien.

– Tu as raison.

Pour une fois, on ne se chamaille pas. On reste là, sous ce ciel nuageux, à ne rien dire ou presque. Le temps passe, je me sens bien avec elle, à ce moment-là. Une sorte de magie, cette magie qui n'existe que lorsque deux personnes se sentent bien ensemble.

Et puis, la magie se brise. Son portable sonne. "Allô ?... Oui, oui, ça va et toi ?... Tu as passé une bonne journée ?... Pas trop, non… Oui, crevée… Bin, je viens de descendre du bus, je rentre… Je suis sur le chemin… Moi aussi, je t'aime… A tout à l'heure…"

"Moi aussi, je t'aime…"

La magie a disparu.

– Tu as un copain, si j'ai bien entendu ?

– Oui.

Je ne savais pas qu'elle avait un mec.

Elle a perdu son sourire. Maudit portable !

Puis elle m'explique que son copain l'attend chez elle. Ils sont ensemble depuis deux ans. J'ai envie de lui demander si elle l'aime, mais je n'ose pas. J'ai envie de lui demander de rester, de ne pas rejoindre son mec, mais je n'ose pas. La magie n'est plus là.

– Bon, Julien, je vais y aller.

On se fait la bise. Plus de chamailleries, plus de jeux de mains, nous sommes revenus dans le monde des adultes. Dans le monde des réalités, le monde des copains qui attendent à la maison.

Et puis Aurélie s'en va. Elle rentre chez elle, elle va le retrouver. Du coup, je rentre aussi, je ne vois pas pourquoi je resterais plus longtemps ici. Je rallume mon portable, que j'avais éteint avant de monter dans le bus.

Un nouveau message.

"Je t'aime tellement. Je ne travaille pas demain, si tu veux on se voit ce soir ou demain". Voilà, je suis, moi aussi, de retour dans le monde des adultes, pour le week-end au moins. Je vais retrouver Amélie. Et, peut-être, ne plus penser à Aurélie. Jusqu'à lundi, jusqu'au prochain jour de centre aéré.

Chloé.

C'était parti pour être une journée comme les autres, un jeudi ordinaire. Mais voilà, le destin m'avait réservé une surprise.

J'étais près de la gare de Lyon, j'allais prendre mon RER pour rentrer à la maison. J'avais passé la journée à Paris, pour prendre le soleil et voir des visages passer en face de moi. Pas pour faire des rencontres, non, juste pour croiser des humains. Pour être certain de ne pas être seul sur Terre. C'était jeudi, c'était l'été, plein mois de juillet, les cotillons de la fête nationale n'étaient pas encore tous à la poubelle. J'étais habillé comme tous les jours, avec mes baskets noires et mon vieux pantalon gris clair, et puis un T-shirt, je suppose. Il était vingt heures, ou presque, j'avais pris autant de soleil que ma peau pouvait le supporter. Et puis, elle est apparue.

Je ne la connaissais ni d'Eve, ni d'Adam. Pas une connaissance, je ne l'avais jamais vue, sûrement jamais croisée. Mon vieux, tu as toujours eu de la chance.

Elle marchait vers le pont enjambant la Seine, j'allais vers le gare. Elle est passée en face de moi. A vrai dire, je ne l'ai pas remarquée. C'est elle qui m'est tombée dessus, comme ça. Elle s'est retournée.

– Hé, Monsieur, vous avez l'heure, s'il vous plait?

– Bien-sûr, heu… attendez… Huit heures moins quatre.

– Ha, hé bien ça va alors, j'ai tout mon temps ! Dîtes-moi, ça vous dit de prendre un verre avec moi ?

Pan ! C'est direct, efficace. Inattendu et excitant, irrésistible sûrement. En cinq secondes, elle a eu le temps de me demander l'heure et de m'inviter à prendre un verre. Elle est sacrément rapide. Et puis, elle est plutôt mignonne… très mignonne, je dirais. Elle a de jolis yeux, ça c'est sûr ! Verts, comme je les ai toujours aimés, et puis ils vont bien avec ses cheveux châtains, elle est vraiment pas mal.

– Va pour un verre !

– Vous n'avez rien d'autre à faire, j'espère !

– Rien du tout, je suis complètement libre !

– Hé bien, allons-y alors !

Elle m'a dit cela en souriant, largement, avec ce que je devine chez elle être une sacrée dose de malice. Et me voici lui emboîtant le pas, direction Austerlitz, pour boire un verre avec mon inconnue.

Gare d'Austerlitz. Le café de la gare, il y a plus romantique, mais c'est un café. Les premières minutes me déçoivent. Elle ne parle pas, je ne parle pas, chacun regarde sa tasse. Cappuccino contre déca. Je suis assis en face de cette femme un peu mystérieuse, qui m'a invité à boire un café et qui ne dit plus rien. Elle a une belle peau, blanche et semblant douce, et ses yeux me plaisent doucement. Elle s'est enfin décidée à briser le silence :

– Parlez-moi de vous : que faites-vous dans la vie ?

La question à ne pas poser…

– Hé bien… Pour être franc, je ne fais rien.

– Comment ça ? Comment c'est possible ça ?

– Comme je viens de vous le dire, je ne fais rien. Je n'ai pas de travail, je passe mes journées à passer le temps. Je me promène, je prends le soleil, et voilà. Rien d'autre.

– Vous n'avez jamais travaillé ?

– Si ! A l'école, je travaillais. Et puis j'ai eu quelques petits boulots, après. Mais je n'aime pas travailler. Alors, j'ai arrêté, et depuis je ne fais plus rien.

– C'est bien ça !

– Oui, je trouve ça bien, moi aussi !

Elle m'a sourit. C'est déjà ça. C'est bon signe, quand une fille vous sourit, surtout quand elle ne vous connaît pas depuis plus d'un quart d'heure.

– Mais comment faîtes-vous pour vivre ?

– Je me débrouille, Mademoiselle.

– Comment ça ?

– Hé bien… Quel est votre prénom au fait, je préfèrerais ne pas vous dire "Mademoiselle" ?

– Chloé.

Et voilà. Je sais comment tu t'appelles. Chloé. C'est moyen comme prénom, je n'en suis pas fan. Je ne trouve pas qu'il sonne bien, mais enfin…

– C'est charmant Chloé, j'aime bien ce prénom, sans vous mentir.

– Merci, c'est gentil.

– J'avais une Chloé dans ma classe à l'école primaire, j'étais amoureux d'elle si je me souviens bien.

– C'est peut-être un signe…

Voilà. Nous sommes fixés. Si tu m'as répondu cela, c'est que tu n'es pas uniquement ici pour prendre un café avec un inconnu, pour passer le temps entre deux trains. Il y a un jeu de séduction prévu entre nous, c'est évident. Au fait, je n'ai jamais eu de Chloé dans ma classe.

– Et vous ?

– Moi c'est Julien. Un prénom banal, je sais, mais c'est le mien.

– C'est mignon, Julien.

C'est bien le coup des prénoms, ça permet d'évacuer la question des occupations dans la vie. Elle est pas mal du tout Chloé, c'est ce que je me dis en avalant la Chantilly de mon Cappuccino. Un régal cette crème, vraiment.

La conversation a repris, agréablement. Elle m'a dit qu'elle descendait à Tours, pour voir ses parents. C'était l'anniversaire de son père, samedi, alors elle prenait le train, à vingt-deux heures. Il était vingt heures trente…

Elle m'a ensuite parlé de son frère, qui ne viendrait pas à Tours. Trop occupé, celui-là, à étudier ses insectes. Monsieur est un scientifique, Monsieur ne peut pas lâcher ses bestioles pour fêter l'anniversaire de son père, Monsieur les snobe. J'écoutais, plus ou moins, en la regardant me regarder dans les yeux. Elle a fini par me le dire :

– Vous avez de superbes yeux.

Je sais. On me répète la même chose depuis plus de vingt ans. Et, chaque fois, il faut que je fasse le modeste, celui qui ne sait pas qu'il a de jolis yeux.

– Ils sont bleus, c'est tout, je ne les trouve pas spécialement beaux. Je préfère les vôtres.

En fait, je le sais qu'ils sont beaux mes yeux. C'est même tout ce que j'ai de bien. Le reste passe, sans plus, sans charme. Mais j'ai de jolis yeux. Bleus, d'un bleu profond et foncé. Ils ont toujours plu. A ma mère, à mes grands-parents, à mes copines, à mes copains aussi... Et maintenant, à Chloé.

– Vous êtes étudiante ?

– Oui, en droit. A Assas, je suis en licence.

– C'est pas trop difficile ?

– Je m'en tire, disons qu'il faut beaucoup travailler, mais je m'en sors pour le moment.

Encore un sourire. Elle n'arrête plus de me sourire depuis que je regarde droit dans ses yeux. Je sens que mes yeux lui plaisent, et la mettent un peu mal à l'aise. Trop bleus. Elle m'a dit qu'elle espérait devenir juge des enfants, si c'était possible, sinon elle tenterait des concours administratifs. Son père était avocat, c'est plus reconnu que juge des enfants. Ou plutôt, c'est plus lucratif. Mais elle a toujours voulu être juge des enfants, elle ne sait pas exactement pourquoi, c'est le principe d'une vocation. Elle vous appelle, depuis toujours, sans que l'on sache pourquoi. Moi, je n'ai jamais eu de vocation, pas un seul métier ne m'a particulièrement attiré, même de loin. Ne rien faire, cela me va très bien.

– Vous êtes de Tours, alors ?

Et la voici qui m'explique qu'elle est née à Tours, qu'elle y a passé toute son enfance et son adolescence et qu'elle a débarqué à Paris après le bac, pour faire la même fac que son papa. Pas n'importe quelle fac, Assas c'est quand-même réputé il me semble.

Cette fille, Chloé, je l'ai croisée il y a à peine cinquante minutes, et je connais déjà mille détails de sa vie. Son enfance, sa meilleure amie qui est restée à Tours et qui est inconsolable depuis le départ de Chloé, sa maman qui est nourrice, son frère qu'elle ne semble décidément pas beaucoup aimer… Je n'ai presque pas besoin de poser de questions pour apprendre de quoi est faite sa vie, petit à petit. Elle me déballe tout, spontanément. Mais ce n'est pas tout, je pense. Elle me sourit régulièrement, et remet sa mèche en place toutes les cinq secondes, baissent les yeux quand je la fixe trop, rougit même un peu parfois… Je sais que je lui plais.

A vérifier.

– Vous vivez seule, Chloé ?

– Oui. J'ai un appartement que mes parents louent, vers République.

Merci pour les détails.

– Ce n'est pas trop difficile de vivre seule, dans cette grande ville ?

Bien-sûr, au début, elle a eu du mal à s'y faire. Elle s'est retrouvée ici sans amis, sans repères, loin de ses habitudes tourangelles. Mais elle a lié amitié avec d'autres étudiantes, et quelques étudiants aussi, ça va mieux maintenant. Chloé a les cheveux courts, coupe au carré, avec une mèche qui ne veut pas rester derrière son oreille. C'est mignon ce geste qu'elle n'a de cesse de répéter, remettre cette mèche de l'autre côté de l'oreille, et puis la mèche revient, invariablement. Ma question était assez intime. Alors nous devenons plus intimes, encore, elle me propose le tutoiement. Mais oui, tutoyons-nous. Comme si nous nous connaissions depuis des années, comme si nous étions de vrais amis.

– Et toi, tu vis où ?

– Oh, moi, je suis un banlieusard. Un vrai de vrai. Cette banlieue qui était communiste, dans le temps, et qui est bien triste désormais.

Je fais un peu le garçon mélancolique, ça plait toujours aux filles. Le mec qui regrette le bon vieux temps, qui s'imagine que c'était mieux avant, qu'on a perdu plus qu'on a gagné.

– Et tu vis seul ?

– Oui, tout seul comme un grand.

Enfin, seul, il faut le dire vite. Sans mes parents, disons, sans ma famille. Mais avec ma copine, quand-même.

– Tu vis dans un appartement ?

– Oui, un petit studio ordinaire et pas trop cher.

Elle devait prendre son train une heure plus tard, me quitter dans cette gare aussi vite qu'elle m'avait abordé dans la rue. A moins que… Et si elle avait voulu autre chose ?

– Tu as quelqu'un dans ta vie ?

Comme ça, je serai vite fixé.

– Non. Je suis restée huit mois avec un type, de la fac. Il est en maîtrise, et il m'a larguée hier.

– Dur à digérer, non ?

Bien-sûr que c'est dur. C'est même pour ça qu'elle est venue me parler. Pour oublier un peu, pour parler de tout et de rien avec un inconnu qui lui viderait la tête, et puis pour draguer un peu, histoire de voir si elle plait toujours aux hommes.

Elle est seule, alors allons-y. Si elle n'avait pas voulu que je lui fasse mon petit numéro, elle aurait dit qu'elle avait un mec, même sans que cela soit vrai. Et puis, elle ne serait jamais venue me parler, j'imagine.

– Tu l'aimais, ce type ?

– Grave.

On a beau être une jeune fille de bonne famille, avec un papa avocat, on dit "grave" quand-même. Comme les racailles de mon quartier.

– C'était l'homme de ta vie alors ?

– Je l'espérais secrètement.

– Donc tu as été fidèle avec lui.

– Oui.

– Toujours ?

Je le savais, en fait. Je le sentais. Une fille qui aborde un type comme moi dans la rue et lui propose un café dans la foulée ne peut pas être fidèle pendant huit mois.

– Juste une fois, je suis sortie avec un autre mec.

Elle est devenue toute rouge. Comme si elle savait que j'avais en gros cerné son personnage, et que j'avais deviné ses faiblesses.

– Raconte !

Je suis curieux, oui. J'ai toujours aimé les histoires des autres. Et Chloé adore raconter ses histoires, ça tombe bien. C'était au début du printemps, son mec faisait un stage et se levait tôt le samedi matin. Chloé avait envie de sortir en boîte un vendredi soir, elle est donc sortie seule. Un type est venue la chauffer en dansant, lui a mis la main sur les hanches. Elle n'a pas résisté, elle a fini la nuit chez lui.

– Tu n'as jamais recommencé ?

– Tu veux savoir toute la vérité ?

Je la devine déjà, toute la vérité, mais dis quand-même. Oui, elle a trompé son mec plus d'une fois. Elle s'est même tapé deux mecs d'un coup alors que son mec était en week-end chez ses parents. Moi, je l'écoute me dire tout cela. Sobrement. Je ne fais pas celui qui est choqué, ni impressionné, je l'écoute, tout simplement.

– J'espère que tu ne me prends pas pour une salope.

Mais tu es une salope, ma chérie. Tu passes ton temps à tromper ton mec, que tu dis aimer par ailleurs... Je lui réponds :

– Pas du tout. Je vais te dire : on est jeune, ce n'est pas à soixante ans qu'on pourra profiter de notre jeunesse.

C'est très profond ça, dis-moi... Je me surpasse parfois.

Voilà, je sais presque tout. Chloé aime tromper son mec, qui depuis est devenu un ex, elle aime le sexe. Elle ne met que des strings, parce que ça excite les mâles. Elle ne m'a pas encore donné les détails des positions, mais je pourrais obtenir ces informations si cela m'intéressait vraiment. Seulement, Chloé prend son train dans dix minutes, alors on verra plus tard pour les détails. Le jour se couche, une chaude journée d'été s'achève calmement. Chloé n'a plus de mecs à tromper, elle se sent seule. Elle sait qu'elle plait, elle sait qu'elle est pleine de charme, mais elle veut que ce charme se traduise concrètement.

– Je te plais ?

– Oui, Julien, je te trouve charmant.

– Pourquoi tu m'as invité à prendre un café, au juste ?

– J'ai flashé sur toi, tout à l'heure. Tes yeux. Et comme je me suis dit que je n'avais rien à perdre, hé bien j'ai tenté ma chance.

– Tu as bien fait. Et tu attends quoi de moi, maintenant ?

– Je ne sais pas.

– Pourquoi tu m'as raconté tout ça sur ta vie ?

– Je ne sais pas.

Parce que tu as besoin de parler. A ta meilleure amie, au téléphone, à ta mère le week-end. A ton mec, après avoir fait l'amour, ou à un inconnu quand toutes les autres possibilités ne marchent pas. Ta mère est occupée à préparer l'anniversaire de son mari, ta meilleure amie est partie en vacances à Nice, ton mec en a eu marre que tu te foutes de sa gueule, alors il reste l'inconnu. Et l'inconnu, ce soir, c'est moi. En plus, il a de beaux yeux cet inconnu.

– Tu t'en vas ?

Il est l'heure qu'elle s'en aille, effectivement. La voix a annoncé son train, il part dans quelques instants. Chloé devrait se lever, et puis me dire au revoir, prendre son train. Me laisser son numéro, à la limite.

– Je n'ai plus très envie de partir, en fait.

– Pourquoi ?

Je joue au con. Je sais qu'elle a envie de rester avec moi. Pour continuer à parler, peut-être. Sûrement pour autre chose.

– Je suis bien là, ce soir, avec toi. Je n'ai pas très envie de retourner à Tours. Je suis bien à Paris, j'aime cette ville l'été, et puis je suis vraiment bien avec toi. Je n'ai pas envie qu'on se quitte déjà.

Chloé n'a pas pris son train. Elle n'ira pas à Tours ce soir. Après-tout, l'anniversaire de son père n'a lieu que samedi, et puis elle en a fêté tellement des anniversaires de son père.

– Tu veux faire quoi maintenant ? Tu veux qu'on aille manger quelque part ?

– Je ne sais pas. Je n'ai pas très faim. Et toi, Julien, tu veux faire quoi ?

– Comme tu veux. Je suis tout à toi.

Ce ne sont pas juste des mots. Je suis vraiment tout à toi.

– Je ne sais pas moi…

– Dis-moi, tu as un string là ?

Une question étrange, en effet… Elle a mis quelques instants avant de me répondre :

– Oui, je t'ai dit que je ne portais que ça.

– Très bien alors. Très bien.

Alors, que faisons-nous ? Elle a raté son train pour rester ici, avec moi. La nuit est tombée, pleine d'étoiles même s'il est parfois difficile de les apercevoir dans le ciel parisien. Des vacanciers en short prennent des trains de nuit vers les plages. Et nous sommes toujours assis l'un en face de l'autre, elle me racontant sa vie, à coup de petits détails. Elle me raconte sa première fois, avec un copain de son frère. La dernière aussi, avec celui qui l'a plaquée hier.

– Alors, Chloé, on fait quoi ? Tu es certaine de ne pas avoir faim ? Tu veux qu'on aille se promener ?

– Oui, sortons d'ici. J'ai envie de prendre l'air.

Elle m'a pris le bras, et puis nous sommes allés marcher. Le bord de Seine, avec la fraîcheur qui s'installe. Mon dernier RER est parti, je ne peux plus rentrer chez moi ce soir. Je ne dormirai pas à la maison. Chloé marche très près de moi. Un feu rouge. Elle m'embrasse sur la joue. Je la regarde, elle me plait. Je l'embrasse, sur la bouche.

Après, tout s'est accéléré. Chloé m'a invité dans son appartement. Elle m'a offert un verre, et puis nous avons couché ensemble. Je ne suis rentré chez moi que le lendemain midi. Marie m'attendait. Elle m'a demandé où j'étais passé toute la nuit.

– On est quitte maintenant, Marie, moi aussi je t'ai trompée. Il m'a fallu six mois pour te faire ce que tu m'avais fait, mais c'est bon maintenant, on est quitte.

Elle n'a rien répondu. Marie s'est enfermée dans la salle d'eau.

Et puis ma vie a repris son cours normal. L'appartement, Marie, mes promenades.

Farid.

Ce n'est pas de ma faute quand-même, je n'y suis pour rien s'il m'a dégagé dessus ! Et à cause de ça, on perd la finale de la Coupe. C'est vraiment pas possible, quelle poisse !

Il restait à peine dix minutes de jeu. Le score était toujours vierge, match nul. Et puis nos adversaires ont obtenu un corner, tiré rentrant. Medhi a dégagé le ballon droit devant lui, sauf que c'était ma cuisse qui était droit devant lui. Alors le ballon a rebondi, est allé se loger dans notre but. Olivier, le gardien, n'a rien pu faire.

Et puis, rien à faire, on n'a pas été capable de marquer. On a perdu la finale, à cause d'un but que j'ai mis contre mon camp. Le pire, c'est que pas un seul de mes coéquipiers n'est venu me consoler, ou me dire que ce n'était pas grave, pas un mot de réconfort. Sauf Olivier, mais ce n'est pas pareil. Olivier, c'est mon frère, alors ça ne compte pas vraiment. Nous sommes jumeaux. Pas des vrais, on ne se ressemble pas parfaitement, mais on est jumeau.

Bonjour l'ambiance dans les vestiaires. Personne ne parle, personne ne regarde personne. Tout le monde regarde ses chaussettes, ou dévisse ses crampons, cherche sa serviette dans son sac. On entend les joueurs de l'autre équipe qui chantent dans le vestiaire d'à côté. “On est les champions…” Et nous, nous sommes les perdants. Alors, pas de chant. Notre entraîneur n'est pas encore venu nous voir dans le vestiaire, je ne sais pas ce qu'il fait. J'ai retiré mon maillot, l'ai posé en boule sur mon sac. Je vois le numéro 8 tout chiffonné, et je sens Olivier qui retire ses gants à côté de moi.

C'est Medhi qui déclenche les hostilités :

– Putain, qu'est-ce que tu foutais là, franchement ?

C'est pour moi cette remarque, bien-sûr. Medhi ne m'a jamais vraiment apprécié de toute façon. Une vieille rivalité entre nous, depuis toujours. Medhi aurait voulu jouer meneur de jeu, milieu offensif. Mais l'entraîneur me fait confiance à ce poste, alors Medhi joue milieu défensif, dans l'axe ou à droite. Moi je joue à droite aussi, le plus souvent, ou dans l'axe, mais un cran au-dessus de Medhi. Alors il ne m'aime pas, je suis celui qui lui a piqué son poste, il n'a jamais accepté ça. Medhi s'est toujours vu meilleur que moi au foot, il pense être doué techniquement. C'est peut-être vrai, j'avoue qu'il touche le ballon avec beaucoup de talent, mais il n'a aucune vision du jeu, et ses gris-gris ne servent à rien, le plus souvent. L'entraîneur préfère que ce soit moi le meneur de jeu, parce que je donne de la vitesse aux attaques et que je ne porte pas trop le ballon, parce que je sais faire une passe. Quand Medhi fait ses gris-gris, il garde la balle, et tente d'aller seul au but en oubliant ses attaquants.

– Arrête, Medhi, tu sais bien que Julien n'y est pour rien.

– C'est quand-même lui qui a planté le but, non ?

– Franchement, ça peut arriver à tout le monde, à ce moment-là on peut dire aussi que ton dégagement n'était pas bon.

C'est Farid qui prend ma défense. Farid joue avant-centre, et c'est mon complice sur le terrain, depuis toujours. C'est aussi lui qui était le capitaine de l'équipe cette année.

– Ouais, mais au moins Medhi il défend sur les corners.

– Pourquoi, moi je défends pas ?

– Non, toi tu défends jamais, ni sur les corners ni jamais d'ailleurs.

Là, c'est David qui vient de parler. David, c'est l'autre milieu défensif, avec Medhi. C'est aussi son meilleur pote, ils sont au lycée ensemble, dans la même classe. David est tout petit, tout blond, et il a un véritable moteur dans le ventre, il ne s'arrête jamais de courir, et récupère tous les ballons qui transitent dans sa zone de jeu. Il est impressionnant, et l'année prochaine il va aller jouer dans le grand club de la région, qui le veut depuis longtemps. Ce club qui nous a battus en finale aujourd'hui, d'ailleurs. C'était son dernier match avec nous, David sera l'un de nos adversaires l'an prochain. Il va jouer dans une meilleure équipe, dans un grand club dont l'équipe première joue en professionnel. David est assez bon techniquement, mais il a surtout des capacités athlétiques incroyables, et les recruteurs de l'autre club l'ont bien compris.

J'ai fait signe à Farid de laisser tomber, de ne pas répondre à David. Non, Farid ne défend pas beaucoup, mais c'est plutôt normal quand on est avant-centre. Farid est là pour marquer les buts, pas pour défendre. David défend, mais ne marque presque jamais. C'est le partage du travail, comme chez Keynes, sauf que là c'est au foot. Farid, en effet, n'a pas répondu. David s'est levé, et il est allé sous la douche. Plus personne ne parle, de peur de devoir choisir son camp entre David-Medhi et Julien-Farid.

J'ai retiré mes chaussures, et mes chaussettes noires. Je suis en short, torse nu. La moitié de l'équipe est sous la douche, l'autre moitié attend la place. Souvent, on entend des chants sous la douche, ou des rires, des moqueries. Mais là, rien. La défaite fait trop mal, le cœur n'y est pas vraiment.

C'est vrai que cette année on a beaucoup chanté sous la douche. C'est la première fois que notre club atteint la finale de la Coupe, et nous avons remporté notre championnat. Deux défaites seulement en championnat, aucun match nul, et vingt victoires. Que des victoires aussi en Coupe, et puis cette défaite en finale. Pour notre petit club, cette année a été magnifique, mais elle se finit assez mal. Farid a fini meilleur buteur du championnat, et moi meilleur passeur. Farid en a mis quatorze en tout, moi j'ai fait huit passes et j'ai marqué sept buts, plus deux en Coupe. Deux en demi-finale d'ailleurs, alors que la partie était mal engagée. Nous étions menés 1 à 0 à un quart d'heure de la fin, et puis j'ai mis un premier but de la tête sur corner, aux six mètres, avant de nous qualifier à la dernière minute sur un tir lointain. Je ne tire jamais de loin, mais j'ai bien fait de tenter ma chance ce jour-là. Le vestiaire était plus joyeux qu'aujourd'hui après le match, toute l'équipe m'avait félicité. Même Medhi, c'est tout dire. On croyait bien qu'on allait la remporter cette Coupe. Jamais le club ne l'a ramenée, on se disait que c'était forcément pour cette fois-ci. Et puis non, c'est le grand rival qui la garde cette Coupe, c'est le grand club qui gagne, encore une fois.

Ce soir, on avait prévu de faire une fête tous ensemble. Farid nous a tous invités chez lui, on pensait fêter la victoire. Personne n'ose lui demander si l'invitation tient toujours, malgré la défaite, ou s'il vaut mieux que chacun rentre à la maison. On devait faire une fête, entre footeux, et avec nos copines. Il n'y a que deux célibataires dans l'équipe, alors ça promettait d'être une bonne soirée. Au lieu de ça, on est en train de se faire la gueule en retirant nos chaussettes dans ce vestiaire pas très propre. Quelle poisse, vraiment.

Me voici sous la douche. Rien à dire, ça fait vraiment du bien, elle est chaude en plus. Le plus pénible dans le foot, ce sont les douches froides qui nous attendent parfois après les matchs. Dur, très dur, surtout en hiver. Ou alors, il faut rentrer à la maison sans avoir pris sa douche, avec la boue qui colle encore aux cuisses.

La vapeur d'eau, et l'odeur des shampoings, c'est agréable. Cela n'efface pas la défaite, évidemment, mais c'est agréable. Farid est sous la douche aussi, il se frotte les fesses au savon.

– On se voit toujours, ce soir ?

– Chez toi ?

– Oui, c'est pas une petite défaite qui va nous empêcher de faire la fête, non ?

Olivier me passe le shampoing, et demande à Farid à quelle heure il nous attend ce soir. Huit heures, et surtout il ne faut pas oublier les filles.

– Putain, si j'avais mis ce but en première mi-temps, au lieu de la foutre sur le poteau.

C'était au tout début du match. Une contre-attaque, tout est parti de Medhi qui a récupéré le ballon. Il a lancé David en profondeur. David a centré, et la reprise de Farid a fini sur le poteau. Et puis, Farid de me rappeler que j'ai tiré juste à côté de la cage, moi-aussi, qu'Adrien a marqué un but refusé pour hors-jeu. Et que l'autre équipe a mal joué tout le match, qu'elle n'a quasiment pas tiré au but de toute la partie, et n'a marqué que sur un coup de chance. Pour des joueurs qui évoluent en championnat régional, alors que nous ne jouons qu'en départemental. On les a dominés du début à la fin, mais la chance n'était pas au rendez-vous.

La serviette autour de la taille, je retourne m'asseoir dans le vestiaire. Je mets bien trois minutes avant de trouver mon caleçon, caché au fond de mon sac de sport. Medhi vient s'asseoir à mes côtés.

– Je suis désolé pour ce que je t'ai dit, je sais que tu n'y es pour rien sur le but, c'était juste que j'étais énervé. Désolé.

– C'est rien.

– C'est cool.

– Tu viens toujours à la fête de Farid ?

– Je sais pas trop en fait, je vais essayer, mais je ne sais pas si mes parents vont me laisser sortir.

Medhi a toujours été très courtois avec moi. Et moi pareil avec lui. On ne s'aime pas particulièrement, mais nous ne sommes pas des ennemis. Disons que nous n'avons pas d'affinités, et qu'en prime nous sommes rivaux pour jouer au même poste, donc toute forme d'amitié est exclue. Mais ce n'est pas pour autant que nous nous tapons dessus. Il est bien élevé, et j'espère l'être aussi, nous arrivons à jouer ensemble pendant les matchs, ce n'est pas un problème, même s'il joue un peu trop personnel parfois. Medhi n'a pas de copine, c'est un peu pour cela qu'il n'est pas très chaud à l'idée d'aller chez Farid ce soir. Il va se retrouver avec des couples, et lui n'aura pas de copine.

Farid fait son appel :

– Je vous invite tous chez moi ce soir, vers huit heures, comme on avait dit. N'oubliez pas votre copine !

L'entraîneur fait son entrée dans le vestiaire juste après. Il est sympa, mais pas très futé. Il nous fait un semblant de discours, pour nous expliquer que ce n'est pas toujours la meilleure équipe qui gagne, et que si nous en avons profité parfois dans la saison, cette fois ça s'est retourné contre nous.

– Vous avez seize ans, certains d'entre vous vont arrêter le foot à cause de l'école ou pour une autre raison. Je ne sais pas qui sera encore là l'an prochain, je sais que David va nous quitter déjà, que Julien intéresse aussi un autre club… Je voulais quand-même vous dire que j'ai passé une année géniale avec vous, que vous m'avez régalé par vos matchs, et que je suis fier de vous. N'oubliez jamais que le plus important est de garder l'amour du jeu, et de toujours rester modeste. Voilà, les gars, bon courage pour la suite.

On a applaudi bien-sûr. J'ai été surpris par son discours, c'était plutôt touchant, et puis gentil. Je ne pensais pas qu'il savait faire de jolis discours comme ça. Je ne savais pas non-plus qu'il était au courant que j'allais sûrement changer de club, que le centre de formation d'un club professionnel veut de moi. Ma décision n'est pas prise, mais je pense que je ne laisserai pas passer une telle chance.

Les parents nous attendaient sur le parking. Farid est monté avec Olivier et moi, car ses parents travaillent, mes vieux l'ont ramené chez lui. Mon père était au match, ma mère n'est arrivée qu'après le but.

– Vous avez pourtant sacrément bien joué, c'est con. Et toi, au lieu de tirer sur les poteaux !

Mon père a dit ça en riant, comme toujours. Mon père rit constamment, même au boulot. Il est comme ça. Olivier a profité de la remarque de mon père pour mettre une claque à Farid.

– Tiens, ça t'apprendra à pas savoir marquer.

Et Olivier s'est mis à rire, à son tour.

Vingt heures tout juste, on est à l'heure, comme d'habitude. Olivier a mis sa chemise fétiche, celle des grandes occasions, la noire. Il est vêtu de noir de la tête aux pieds, on pourrait penser qu'il va à un enterrement. Je lui ai fait la remarque, mais il se trouve élégant en noir, alors je suis prié de me mêler de mes affaires, pour une fois.

Je pense que j'ai un peu forcé sur l'eau de toilette. Mais bon, il vaut mieux sentir ça que de puer la sueur. C'est que j'ai fait une petite séance de tirs au but dans le jardin en rentrant, avoir un frère gardien de but a ses avantages. J'ai bien transpiré, et je n'ai pas eu le temps de prendre une nouvelle douche, donc j'ai vidé l'eau de toilette. Olivier et moi passons une heure par jour au moins dans ces séances de tirs au but familiales. Depuis si longtemps.

J'ai mis un pantalon en toile beige, avec une chemise bleu marine. Pour une fois, je ne porte pas de baskets, j'ai fait l'effort de retrouver les chaussures que ma mère m'avait payées pour le mariage de mon cousin l'été dernier.

Nos copines nous attendent devant le portail de la maison des parents de Farid. Une brune pour Olivier, une blonde pour moi. Mon frère est avec sa copine depuis trois mois déjà, je ne sors avec Léa que depuis trois semaines. Elle est dans ma classe au lycée, elle est vraiment très belle. Quand je l'ai vue, le jour de la rentrée, je me suis dit qu'elle serait pour moi. Manque de bol, elle était déjà avec quelqu'un. J'ai donc dû attendre que ce quelqu'un la quitte pour tenter ma chance, et maintenant nous sommes ensemble. Elle porte une jupe noire qui descend aux genoux, avec un débardeur très sexy, elle me plait. Je ne sais pas si Léa m'aime ou ne sort avec moi que pour oublier un peu l'ancien copain, je sais par contre qu'elle a couché avec ce mec. Alors que moi je suis encore vierge.

Les parents de Farid ne sont pas là. Ils ne sont jamais là, c'est bien simple. Je ne sais même pas ce qu'ils font dans la vie, mais ils ne sont jamais là. Farid est fils unique, il a la grande maison de ses parents pour lui seul les trois quarts du temps. Il organise souvent des fêtes chez lui le samedi soir. Farid est encore en survêtement quand il nous ouvre la porte. Nous sommes les premiers, il était devant la télé. Il nous prie de bien vouloir entrer, nous fait asseoir dans le salon. Il nous fait signe de nous servir à boire puis monte à l'étage se changer.

David n'est pas venu à cette soirée. C'était son dernier match avec nous, il change de club, il va changer de potes aussi, il n'est plus avec nous. C'est sûrement pour cela qu'il était si nerveux dans le vestiaire, après la défaite, il aurait voulu nous quitter sur une bonne note. Il sait qu'il ne jouera plus jamais avec nous, il espérait partir sur une victoire. Comme une victoire d'adieu. Medhi n'est pas venu non-plus. Son pote David ne venait pas, et il n'avait pas de copine à nous présenter, je comprends qu'il ne soit pas là. Tous les autres joueurs sont là, avec leurs copines. Onze garçons en tout, et dix filles. Une belle fête, en vérité. On s'amuse bien.

Farid m'a présenté sa nouvelle petite amie. Il change de copine toutes les semaines, à peu près, il faut dire qu'il est si mignon qu'il n'a aucun mal à trouver quelqu'un. Celle-ci est grande, mince, avec de longs cils et les yeux bleus. Elle porte une jupe ultra-courte et répond au doux prénom de Léa. Comme ma copine.

– Je te jure que c'est pas volontaire si ma copine s'appelle comme la tienne, m'a t'il déclaré.

– Tu es sûr que tu n'étais pas jaloux de ma Léa à moi ?

– Bin comme ça on est à égalité, voilà tout !

Notre capitaine a organisé une belle fête, c'est vrai. Il y a des bières à volonté, et tout ce qu'il faut pour grignoter. La musique va fort, c'est Olivier qui met les disques. Olive adore la musique, il passe son temps dans sa chambre à contempler ses disques, et il s'arrange toujours pour faire de DJ dans les soirées. Sa copine le regarde faire, toute impressionnée que ce soit son mec qui fasse danser les autres, très fière de son Olivier. Ils forment un beau couple tous les deux, je commence à me demander sérieusement si ce n'est pas elle qui sera ma belle-sœur plus tard. Enfin, ils sont encore jeunes, et cela ne fait pas si longtemps qu'ils sont ensemble, tout va vite à notre âge, y compris les séparations.

A minuit, quelques-uns sont rentrés chez eux. Ceux qui avaient plus que la permission de minuit sont restés danser encore. Farid a beaucoup bu, il commence à dire n'importe quoi. Sa Léa est morte de rire quand il imite le singe, elle aussi a pas mal bu, je crois. Olivier est toujours aux platines, concentré et appliqué. Un vrai pro.

Vers deux heures du matin, Farid est venu me parler. On a discuté de foot, il m'a dit qu'il espérait que je resterais au club, que je n'irais dans ce centre de formation. Je lui ai répondu que ma décision n'était pas encore prise.

– J'ai envie de rester, évidemment, mais si j'ai l'occasion d'être professionnel un jour, je vais pas laisser passer l'occasion.

– Tu as raison, mon Juju, mais ça ne sera pas pareil sans toi. Je vais mater le cul de qui dans les douches, moi ?

– Bin tu auras toujours Medhi, il est pas mal Medhi, non ? Il a pas de belles fesses ?

J'ai éclaté de rire, et Farid a fait pareil. On rigolait bêtement, en imaginant Medhi les fesses à l'air sous la douche. On avait beaucoup bu, surtout.

– Je vais nous rechercher des bières, mon Juju.

Bières vite bues. Farid divague.
– Si tu vas dans ton centre de formation, on se verra plus, c'est galère.
– Oui, c'est sûr que c'est pas la porte à côté.
– J'arrête le foot si tu te casses.
– Arrête, Farid, tu es trop bon pour arrêter !
– J'ai pas envie de ne plus te voir.
Je ne pensais pas que mon éventuel départ le mettrait dans cet état. A moins que ce ne soit l'alcool.
– Juju, tu te souviens de la photo que j'ai de nous deux ? C'est ton frère qui l'avait prise après un match où j'avais marqué quatre buts ?
– Bien-sûr. Tu l'as toujours cette photo ?
– Elle est au-dessus de ma commode dans ma chambre. J'y tiens trop. Viens, je vais te la montrer.
Farid m'a emmené dans sa chambre, à l'étage. Des posters de grands attaquants aux murs, et cette photo, effectivement, collée au-dessus de la commode.
– On est beau sur cette photo, tu trouves pas ?
Je me suis assis sur le lit. J'ai la tête qui tourne un peu, mais ça va. Farid s'assoit à côté de moi. Très près. Il me regarde dans les yeux, son visage n'est qu'à quelques centimètres du mien.
– Je veux pas que tu partes, Julien. Je veux pas.
Et puis il m'a pris dans ses bras et s'est mis à pleurer.
– Tu es le seul ami que j'ai ici. Tu es ma famille. Je veux pas que tu partes. C'est con, mais si tu pars j'ai l'impression que j'aurai plus de vie.
On est resté comme ça quelques secondes, dans les bras l'un de l'autre. Et puis il s'est levé, a séché ses larmes.
– Je ne partirai pas, Farid. J'ai trop peur de partir. Je suis bien ici. Si j'ai vraiment du talent, je deviendrai pro un jour ou l'autre, je n'irai pas dans ce centre de formation à l'autre bout du pays. Je te le promets.
Farid m'a repris dans ses bras. Puis on est redescendu.
– Vous étiez où vous deux ? nous a lancé la copine d'Olivier.
– On disait du mal de toi en secret, a souri Farid.

La soirée s'est terminée rapidement ensuite. Mon père est venu nous chercher, Olivier et moi. Puis il y a eu les vacances d'été, dans la foulée, en Bretagne. Nous sommes partis deux jours après la soirée, pour ne revenir que début septembre. Et puis, la rentrée. Dans ce centre de formation, dans le sud. Finalement, je n'ai pas laissé passer l'occasion.

Léa m'a quitté, puisqu'elle ne voulait pas d'une relation à distance. Puisque le foot était plus important que tout dans ma vie.

J'ai passé trois ans dans ce centre de formation, avant de signer mon premier contrat pro. Je suis toujours meneur de jeu, dans une équipe de Ligue 1. Pas loin de l'équipe de France, d'après mon entraîneur. Et je n'ai jamais revu Farid, malgré les promesses.

Karim.

Je ne m'y attendais pas. Tout allait bien, c'est du moins ce que je croyais. J'étais avec Sabine depuis deux ans et demi, je n'imaginais plus passer ma vie avec quelqu'un d'autre, et pourtant c'est avec quelqu'un d'autre que je passerai ma vie, selon toute vraisemblance. Sabine a choisi pour nous, elle est partie, elle ne veut plus entendre parler de moi, tout est fini.

J'ai connu Sabine au lycée, nous étions dans la même classe. Elle ne m'a pas plu au départ, je la trouvais trop sûre d'elle et un peu arrogante. Elle était bonne élève, et moi le cancre de service, forcément nous ne nous entendions pas vraiment. Elle me parlait souvent avec un air légèrement hautain, celui de ceux qui comprennent plus vite ce que les profs débitent. Nous sommes restés trois ans dans la même classe, sans trop nous parler, ni nous apprécier. Pourtant, physiquement, je n'avais rien à lui reprocher. Sabine a toujours été belle, fine et racée, elle vient de la Martinique et a cette peau rendant inutile toute résistance. Café au lait, douce et agréablement parfumée. Elle me plaisait pour son physique, mais je n'appréciais pas son arrogance. Ou bien je n'aimais pas être moins bon qu'elle à l'école.

Après le lycée, je l'ai perdue de vue pendant deux ans. Et puis je l'ai revue lors d'une fête organisée par un ami. Toujours aussi belle, rien à dire.

Nous avons parlé, un peu, pour savoir chacun ce que devenait l'autre. Elle avait changé. Elle venait de rater ses études de médecine et devait changer d'orientation, alors que mon BTS se passait très bien. Les rôles étaient inversés, cette fois j'étais le bon élève.

Les soirées organisées par mon pote étaient toujours bien arrosées, celle-là ne dérogeait pas à la règle. Beaucoup d'alcool pour moi, beaucoup pour Sabine aussi, et aucun des deux ne se contrôlait plus vraiment. Nous dansions comme deux fous, et puis il y eut quelques bisous, sur la joue pour commencer, puis sur la bouche. Encore de l'alcool, encore de la musique, encore des bisous.

Le lendemain, téléphone, c'était Sabine. Elle voulait juste savoir si j'étais bien rentré, si j'avais bien récupéré, et elle voulait me parler un peu. Me demander si nous allions nous revoir.

Notre histoire a duré presque deux ans et demi jour pour jour à partir de cette soirée. Deux ans et demi sans problème sérieux, sans dispute, sans nuage. Nous vivions ensemble depuis huit mois, depuis que je bosse en fait et que je suis parti de chez mes parents. Elle est toujours à la fac, en sociologie cette fois, et elle s'en sort plutôt bien. Pour moi, Sabine était la femme de ma vie, je m'arrivais plus à m'imaginer avec une autre fille. Je me sentais casé pour la vie, je pensais que c'était fait. Je croyais aussi que ces sentiments étaient réciproques, qu'elle aussi se voyait faire sa vie avec moi. Je suis tombé de haut.

Elle est rentrée hier soir, vers dix-neuf heures. Elle rentre toujours tard de la fac le mardi, je ne me suis donc douté de rien. J'étais dans la cuisine, je faisais la vaisselle du midi en écoutant de la musique.

– C'est toi ? lui ai-je demandé.

– Oui.

– Ta journée s'est bien passée ?

– Si on veut. Tu veux pas venir ici, il faut que je te parle.

J'ai senti le truc à ces mots. Le ton de sa voix, les mots en eux-mêmes, et ses yeux baissés quand je suis entré dans le salon.

Ensuite, tout est allé très vite. Elle m'a tout déballé d'un coup, au moins c'était fait et il n'y avait plus rien à dire. Elle m'a annoncé qu'elle était attirée par Karim depuis plusieurs mois, et qu'elle était passée à l'acte le matin. Elle n'est pas allée à la fac, elle est allée chez Karim, ils ont fait l'amour. Elle m'a dit que ce n'était pas une erreur de parcours, qu'elle avait des sentiments pour lui. Elle m'a annoncé qu'elle voulait le revoir, qu'elle voulait être avec lui.

Le ciel me serait tombé sur la tête que je n'aurais pas eu plus mal. Elle m'annonce qu'elle est avec un autre garçon. En prime, ce garçon est Karim.

– Tu fais tes valises et tu t'en vas demain matin avant que j'aille au boulot.

Elle est effectivement partie ce matin, avec ses affaires. Elle n'a pas cherché à se justifier, ou à s'excuser. Elle m'a juste annoncé qu'elle était avec Karim, j'en ai pris acte et en ai tiré la conséquence logique : Sabine et moi, c'est terminé. Elle a dormi sur le canapé. Je n'allais pas lui faire le plaisir de lui laisser ma chambre après ce qu'elle venait de m'annoncer. Je ne me suis pas énervé quand elle m'a annoncé la bonne nouvelle. Je n'ai rien dit, je n'ai pas levé la main. J'ai juste senti ce poids s'abattre sur mes épaules, et ce goût amer remonter dans ma bouche, ce goût de rupture et de tromperie.

J'ai assez bien dormi, finalement.

Le réveil a sonné comme chaque matin, Sabine était déjà levée et lavée, ses affaires prêtes. Elle attendait que je me lève pour partir, pour me dire adieu.

Je lui ai demandé si elle avait pris son petit-déjeuner, elle m'a répondu qu'elle n'avait pas vraiment faim ce matin.

– Bon, j'y vais.

Elle a pris sa valise noire, a ouvert la porte de l'appartement. Elle est sortie, pour déposer sa valise sur la palier, puis est venue chercher ses deux sacs qui restaient dans le salon. Elle ne m'a pas dit un mot, ne m'a pas regardé. Je suis resté à l'entrée, sans lui donner de coup de main. Une fois les sacs posés sur le palier, elle m'a simplement dit qu'elle était désolée. Elle s'est retournée, est sortie, j'ai refermé la porte immédiatement, avant qu'elle n'ait le temps de se retourner pour me voir, au cas où elle en aurait eu l'envie.

Je suis allé au boulot, comme tous les matins. J'ai vendu des voyages à des retraités heureux de pouvoir profiter de ce qu'ils ont mis quarante ans à accumuler sur leur compte en banque. J'ai souri à des petites dames sympas, et à des vieilles connes aussi, comme tous les jours. Je suis allé m'acheter un sandwich à La Défense, et puis j'ai repris mon boulot, j'ai vendu d'autres voyages en Turquie, des croisières… Sans penser à Sabine et Karim.

J'ai repris le métro dans l'autre sens, pour rentrer à la maison. Je me suis assis dans mon canapé, bien grand pour moi seul. Et j'ai réalisé que Sabine ne reviendrait plus, que c'était fini. J'ai réalisé.

J'étais amoureux de Sabine, j'avais envie de passer ma vie avec elle, j'avais envie d'avoir des enfants avec elle, j'avais envie de l'épouser. Rien de tout cela n'arrivera, c'est fini. Le pire, c'est qu'elle est partie pour être avec Karim. Pas avec un type que je ne connais pas, pas un étranger. Non, elle est avec Karim, avec celui qui était mon meilleur pote, avant une brouille. La brouille est définitive désormais.

Je suis devant la télé, je ne sais pas ce que je regarde, je pense trop à Sabine et à l'autre, je pense trop à ce que j'ai perdu. Karim m'a piqué Sabine, c'est sûrement pour se venger.

Karim faisait du sport avec moi, on a fait du hand dans la même équipe pendant cinq ans. Je l'ai connu quand j'avais quatorze ans, il est vite devenu mon meilleur pote, on s'amusait bien ensemble. Il venait même dormir souvent le samedi soir chez mes parents, on se racontait tous nos secrets. Et puis, dispute. Quelques semaines avant que je ne sorte avec Sabine, au cours d'une autre soirée, j'ai couché avec celle qui était sa copine depuis trois mois. J'avais bu, elle aussi, lui n'était pas à cette soirée. J'ai couché avec elle juste pour tirer un coup, je ne ressentais rien pour elle, et c'était réciproque. Karim a vite appris que j'avais couché avec sa copine, et ne me l'a jamais pardonné. Il ne m'a jamais reparlé. Aujourd'hui, il tient sa revanche, cette fois c'est lui qui a pris la copine de l'autre. Il a connu Sabine à la fac de médecine, ils étaient en cours ensemble. Il doit être en troisième ou quatrième année.

Je savais que Sabine le connaissait. Elle m'avait parlé de lui plusieurs fois, je lui avais fait comprendre que je n'avais pas envie d'avoir de ses nouvelles. Notre amitié était terminée. Sabine était toujours en contact avec lui, j'étais loin d'imaginer qu'elle ressentait quelque chose pour lui, qu'elle serait un jour avec lui. J'étais loin de penser que Sabine allait me quitter pour un autre, et que cet autre serait mon ancien meilleur ami.

C'est étrange comme mon appartement semble vide soudain. Il manque une présence, il manque celle que j'aimais, il manque Sabine. Jusque-là, Sabine faisait vivre ce deux-pièces, il n'était pas vide. Même quand elle était sortie, elle restait là, parce que je savais qu'elle allait rentrer. Mais cette fois, elle ne rentrera pas, elle ne reviendra jamais s'asseoir dans ce canapé, elle ne reposera plus ses mains sur cette étagère, elle n'ouvrira jamais plus ce placard, elle ne me regardera plus, assise en face de moi à table, jamais.

Je m'ennuie, je me sens seul. J'avais des milliers de projets avec Sabine, ils ne se réaliseront jamais, c'est comme un rêve qui prend fin, c'est comme une époque qui se termine. Finies les années Sabine, les soirées câlines avec mon amoureuse, avec la première fille que j'avais présentée à mes parents. Je voulais faire ma vie avec elle, mais ça ne sert plus à rien de me répéter cela sans cesse, elle ne veut plus faire sa vie avec moi. Elle ne veut plus de moi, elle veut Karim.

La nuit est tombée. Je me suis décidé à sortir un peu. Je ne sais pas où je vais, je ne sais pas ce que je vais faire, mais j'ai besoin de prendre l'air. Je repense à cette blague que me faisait Karim quand nous étions potes :

– Tu devrais sortir la nuit, ça ferait prendre l'air à ta connerie.

Je devrais sortir, oui, ça ferait prendre l'air à ma connerie.

Paris by-night. Ou plutôt, le 92 by-night. C'est moche toutes ces barres HLM qui s'alignent, mais c'est là que je vis. C'est la banlieue où j'ai grandi, c'est la banlieue où je vis. Je ne sais pas où je suis exactement, je conduis au hasard. Je roule vite, par moments, pour entendre le moteur de ma petite voiture crier. J'aurais envie de crier, ça me soulagerait, mais c'est mon moteur que je pousse. C'est lui qui avoue ma douleur. Il fait nuit, il commence à faire froid, je suis fatigué, je suis triste, je suis seul. J'ai envie de pleurer, j'ai peur de ne plus avoir de but dans ma vie. J'ai un boulot, oui, et j'ai mon appartement, mais je n'ai personne qui m'aime, je n'ai plus Sabine.

Je m'arrête dans un bar. Une bière, deux, puis trois, dix. Je paie, donc on ne me dit rien. Je suis assis au fond du bar, il y a des étudiants qui chantent et dansent, qui fêtent quelque chose ou profitent de leur jeunesse. Je suis tout seul à ma table, je les regarde s'amuser. Profitez-en, avant d'apprendre que la vie est une pute. Je crois que je commence à avoir un sérieux coup dans le nez. Les idées s'embrouillent dans mon crâne, Sabine et le reste, l'alcool qui monte à la tête… Je me mets à danser avec les autres, après tout pourquoi pas. Et puis encore quelques bières, ça ne peut pas faire de mal. Il est bientôt minuit, le bar ne va pas tarder à fermer. Je suis à Nanterre, près de l'université, là où Sabine étudie.

Sabine avait les mêmes cheveux que cette fille en face de moi, avec qui je danse depuis pas mal de temps. Elle est sexy. Le bar ferme, il faut que je lui parle.

Elle s'appelle Léa, elle est à la fac aussi, mais je n'ai pas entendu dans quelle filière. Je suis complètement cuit, je ne contrôle plus rien je crois. Je m'en fous. Léa a beaucoup bu aussi, je marche avec elle dans la rue, elle est en jupe, elle est mignonne, autant que je puisse en juger dans mon état.

Je lui propose un dernier verre, chez moi, elle accepte. Elle monte dans ma voiture, je refais le tour de la banlieue dans l'autre sens. On arrive chez moi à deux heures, elle a envie de baiser. A peine arrivée chez moi, elle commence à me caresser à travers mon pantalon. Je ne suis jamais très bon au lit quand j'ai bu comme ce soir, alors tout va très vite. Je ne pense pas que Léa prenne beaucoup de plaisir, à moins qu'elle soit tellement cuite qu'elle n'attende pas mieux. Sur l'oreiller, je commence à lui parler un peu de moi. Lui raconter Sabine et cette soudaine solitude. Elle me dit que je devrais tuer Karim, je rigole.

Je rigole, et puis je me dis que c'est peut-être une solution, après-tout. Léa est toujours sur mon lit, elle somnole. A trois heures environ, je la raccompagne chez elle, à Nanterre. Non sans avoir pris un couteau, que j'ai mis dans la boite à gants. Je repense à ce qu'elle m'a dit. Tuer Karim… Pourquoi pas. Sabine reviendra avec moi, quand l'autre ne sera plus là. Et puis, comme ça, il ne me piquera plus jamais ma copine, je serai tranquille.

Karim vit à Nanterre aussi, dans un petit studio qu'il loue près de la fac. Enfin, il vivait dans ce studio quand nous étions potes, je suppose qu'il y habite encore. Il me faut bien quarante minutes pour trouver cette fichue rue où il habite, j'ai tourné longtemps avant de trouver. Je n'ai plus l'habitude de le visiter, ça se voit. J'ai la tête qui tourne, mais j'arrive encore à conduire correctement, je ne me suis pris que deux trottoirs, et encore les chocs étaient vraiment légers.

C'est là. C'est ici qu'il vivait ce chien, j'espère qu'il est toujours là. Ce n'est pas difficile de le savoir, il suffit de regarder les boites aux lettres. Larrache… Oui, il habite toujours ici. Pas difficile non-plus de rentrer, pas de digicode, pas besoin de clés, on entre comme dans un moulin. Il habite au quatrième, troisième porte à gauche, ma mémoire fonctionne encore. Avec un peu de chance, Sabine sera là, comme ça je pourrai la ramener chez moi après avoir égorgé Karim, ça serait plus pratique.

Je sonne à la porte. Une fois, deux fois, trois fois. Il vient enfin m'ouvrir. Karim est en caleçon, je le réveille.

Il est surpris que je sois là, il est surpris que ce soit moi qui sonne à cette heure.

– Tu veux quoi ?

– Elle est là ?

– Qui ?

– Sabine.

– Non, elle n'est pas ici.

– Menteur, laisse-moi rentrer !

Karim me laisse rentrer, sans doute pour que j'arrête de crier sur le palier, pour éviter que je ne réveille tout l'étage. Son studio n'a pas changé. Je file directement dans la chambre, pour constater effectivement que Sabine n'est pas là.

Je m'assieds sur le lit. C'est con, mais je réfléchis à ça, je me dis qu'ils ont dû faire l'amour ensemble dans ce lit, hier, là où je suis assis. Elle a pris du plaisir avec ce type, tirant un trait sur tout ce que nous devions vivre ensemble. Karim est debout, il me regarde dans les yeux.

– Tu es complètement bourré, me lance t'il.

– Et alors ?

– Et alors ? Et alors, je me demande bien ce que tu viens faire chez moi à cette heure et dans cet état, c'est tout.

– Tu te demandes ce que je viens faire ? Tu ne manques pas d'air. Tu me piques ma copine, et tu oses te demander ce que je viens faire ?

Première surprise. Il m'annonce qu'il est avec Sabine depuis trois mois déjà. Il m'annonce qu'elle lui a juré m'avoir quitté depuis six mois. Alors qu'elle n'est partie que ce matin. Soit ce type se fout de ma gueule, soit Sabine s'est bien amusée pendant trois mois. Soit je suis tellement bourré que je ne comprends plus rien à rien.

Karim s'est assis sur le lit avec moi. Il me raconte comment ils sont sortis ensemble, et ce que Sabine lui racontait. Je l'avais quittée, parce que j'étais trop jaloux et que ça me rendait malade.

Karim a l'air sincère. Je commence à croire sérieusement que Sabine s'est foutue de notre gueule à tous les deux, pour finalement le choisir après avoir eu les deux sous la main. Je finis par lâcher :

– C'est une belle salope, quand-même. Tu sais où elle est ?

– Aucune idée, chez ses parents certainement.

– Ou alors chez un troisième.

J'ai dit ça sans rire. Si ce que me raconte Karim est vrai, il peut très bien y avoir un troisième mec dans l'histoire, non ? J'ai envie de me coucher, de dormir. J'ai envie que Sabine revienne, même si elle est avec un troisième type, je m'en fous. J'ai envie de dormir, mais je ne dois pas oublier pourquoi je suis venu. Je suis là pour tuer Karim.

Mon couteau est sous ma chemise. Je le sors, et tranche la gorge de Karim, qui ne s'attendait pas à ça visiblement. J'étais derrière lui, je ne sais pas s'il a eu le temps de se rendre compte de quelque chose. Je lui ai tiré les cheveux, j'étais dans son dos, et j'ai passé la lame sur sa gorge, il est mort instantanément. Il est là, sur son lit, baignant dans son sang, il ne respire plus, j'ai vérifié. Voila, je suis débarrassé de celui-là. Sabine n'ira plus le voir, elle pourra revenir avec moi maintenant, et puis je m'occuperai du troisième quand il sera temps.

Je regarde dans le frigo, mais Karim ne buvait pas d'alcool alors je n'y trouve pas la bière que je cherche. J'ai soif, et soif d'autre chose que de l'eau. Je me décide enfin à rentrer chez moi, au moins j'ai des bières au frais à la maison. Avant de repartir, je retourne près de Karim, pour récupérer le couteau que j'ai laissé près du corps. Il est presque cinq heures.

Sur le chemin du retour, je commence à me dégriser. Merde ! Je viens de tuer un mec pour un histoire de cul... Ou alors je suis dans un cauchemar et je vais me réveiller demain matin, avec Sabine à mes côtés. Oui, ça doit être un mauvais rêve. Arrivé chez moi, direction le lit. J'ai plein de sang sur la chemise et sur les mains, mais ça ne doit être qu'un détail du cauchemar. Je m'endors doucement, c'est drôle de rêver qu'on s'endort...

Et puis, si ce n'est pas un rêve, j'irai me livrer aux flics demain matin. Mais c'est un rêve, c'est certain. Je rêve que je m'endors, mais je vais bientôt me réveiller dans la réalité, et Sabine sera là... Putain, que j'ai mal au crâne...

Et je m'endors.

Kévin et Alice.

Kévin a toujours été mon meilleur pote. Il habite en face de chez moi, on est allé à la maternelle ensemble, et depuis on ne se quitte jamais. On est toujours dans la même classe, année après année, et même nos loisirs sont communs. On a fait du foot ensemble, du basket aussi, j'ai appris le piano quand ses parents l'ont inscrit à l'école de musique. On est même parti en vacances plusieurs fois ensemble, mes parents le connaissent comme s'il était leur gosse, et moi de même avec les siens. Inséparables.

Heureusement qu'il était là cette année. La terminale a vraiment été pénible, j'ai cru que je ne m'en sortirais jamais, mais Kévin m'a bien soutenu, et nous avons été très solidaires, je pense que cela nous a aidés. Ce soir, c'est les résultats du bac, nous allons enfin savoir. Les dernières épreuves ont eu lieu il y a quinze jours, l'attente est interminable. J'ai peur d'avoir raté, de devoir recommencer une terminale l'an prochain au lieu d'aller à la fac avec Kévin. Ou bien que ce soit le contraire, que j'aie mon bac et pas lui, que je me retrouve à la fac sans lui l'an prochain. Dans quelques heures, nous serons fixés, j'espère vraiment que ça sera bon pour tous les deux, et qu'on ne parlera plus du lycée, que ça sera fini, définitivement.

Ce soir, si nous avons tous les deux notre bac, nous irons à une soirée. C'est une fille de notre classe qui l'organise, nous irons nous défouler un peu en cas de bon résultat, pour décompresser, et puis fêter les vacances, la nouvelle vie à la fac qui nous attend, pour fêter la mort de nos années lycée. S'amuser, boire, faire les cons. Avec Kévin, nous ne sommes jamais les derniers à faire les cons. Bien au contraire ! La fille qui nous a invités, elle est certaine d'avoir son diplôme. Elle n'a pas eu une seule mauvaise note de toute l'année, alors elle ne risque pas grand chose. Elle n'a pas la pression comme nous deux. Kévin et moi, nous avons eu les pires difficultés tout au long de l'année, la moyenne tout juste en général, alors c'est tendu pour les résultats du bac. Très tendu.

Kévin passe chez moi à seize heures. Ensuite, on doit aller au lycée où les résultats seront affichés à dix-sept heures. J'ai regardé le Tour de France à la télé toute la journée, pour essayer de penser à autre chose qu'à ces fichus résultats, mais ça n'a pas donné grand résultat. Encore une demi-heure avant que Kévin ne sonne, j'angoisse. Je vais prendre une douche, pour me calmer et au moins je sentirai bon en lisant les résultats au lycée. Car, en plus, il fait chaud et je transpire beaucoup, déjà qu'il y a le stress, alors je ne voudrais pas trop puer.

Seize heures précises. Kévin sonne à la porte, il est ponctuel. Pour une fois, d'ordinaire il a ses cinq bonnes minutes de retard. Je pense qu'il stresse autant que moi, et qu'il surveille sa montre depuis deux heures, attendant que ce soit le moment de venir chez moi pour qu'on aille au lycée. Le temps d'enfiler un T-shirt, puisque je sors de la douche, et je vais lui ouvrir.

– Salut, tu es prêt, Julien ?

– Ouais, je prends ma carte de bus et on y va.

– Tu regardais le Tour de France ? Tu sais ce que ça donne ?

– En fait, j'ai pas trop suivi là, j'étais sous la douche.

J'ai mis mon plus beau pantalon, en velours beige, et mon T-shirt fétiche, celui que je ne mets que pour les grandes occasions. Je suis comme tout le monde, je suis persuadé que certains vêtements me portent chance, et si cela devait être vrai, j'aimerais bien que la chance soit avec moi aujourd'hui. J'enfile mes baskets noires. Elles aussi me portent bonheur, normalement je l'ai mon bac : le T-shirt fétiche, plus les baskets, je ne risque rien. Enfin, on ne sait jamais... Il y a aussi ce que j'ai écrit dans mes copies qui peut compter !

Kévin est habillé comme tous les jours. En survêtement. Il ne porte que ça, avec ses éternelles baskets bleues qui commencent à être bien usées. Il a sa casquette sur la tête, moi j'ai préféré prendre des lunettes de soleil, c'est vrai que le soleil tape. Demain, s'il fait aussi beau et que nous ne sommes pas démoralisés par les résultats, nous irons sûrement à la piscine avec Kévin. Pour se rafraîchir, et puis pour draguer un peu aussi. Voir des filles presque nues, c'est toujours agréable.

Le bus est passé à l'arrêt avec dix minutes de retard, comme toujours j'ai envie de dire. Non, je suis mauvaise langue, le bus nous conduisant au lycée le matin n'a pas été en retard plus de deux fois dans l'année.

Kévin s'est assis au fond du bus, je le rejoins.

– Si j'ai loupé mon bac, mon père va me tuer !

– Arrête, il a même pas eu son bac ton père, il pourra rien te dire !

Le père de Kévin n'a effectivement pas réussi ses études. Mais cela ne l'a pas empêché de réussir sa vie. Il a arrêté l'école à seize ans, sans aucun diplôme en poche, est passé de petit boulot en petit boulot, jusqu'au jour où il a décroché un job dans une grande boîte. Il est arrivé dans cette boîte comme simple ouvrier, mais il a monté les échelons peu à peu, et a aujourd'hui un poste à responsabilités et gagne bien sa vie. Mon père travaille dans cette même boîte, au service des exportations. La moitié de la ville travaille dans cette boîte d'ailleurs. Mon père a fait des études lui, il a des diplômes en commerce international, et il me met la pression pour que je réussisse ma scolarité. Il est parfois déçu que je ne sois pas un élève brillant, mais je suis arrivé au bac sans redoubler, et si ce soir le bac est acquis, j'irai à la fac, ce qui n'est pas déshonorant.

Nous sommes seuls dans le bus. C'est l'été, les bus sont vides. Et ils ne sont pas climatisés, on étouffe complètement. Kévin s'est levé pour ouvrir la fenêtre, mais n'y arrive pas. Il tire sur la poignée, mais ça ne veut pas s'ouvrir. Du coup, il est complètement en sueur et commence à s'énerver.

– Quel truc de merde, ça commence bien. Je sens que je vais pas l'avoir ce bac.

– C'est bon Kévin, je vois pas le rapport entre la fenêtre du bus et les résultats au bac !

– Tu vas voir, je te dis que quand on a la poisse, c'est pour tout.
On en reparlera un peu plus tard, effectivement.

Nous sommes arrivés au lycée vers seize heures trente. Il y avait déjà beaucoup de monde devant les panneaux d'affichage du lycée, mais rien d'affiché. Nous avons aperçu plusieurs personnes du lycée, accompagnées de leurs parents ou non, et des professeurs.

– Tu veux pas qu'on aille boire un café, au lieu d'attendre là ?

– Je te suis.

C'est vrai, je n'avais pas très envie de jouer au jeu des pronostics avec les ex-camarades de classe, et puis voir le sourire des profs qui connaissent déjà les résultats mais n'ont le droit que de se taire. Je préfère boire un café au frais, et puis me faire un bon flipper pour me défouler.

– Deux cinquante le café, ça augmente tous les jours, ma parole !

Moi, finalement, j'ai pris un jus d'orange.

Et puis, alors que je m'énervais après cette boule de flipper rebelle, des cris.

– C'est affiché Julien, viens !

Inutile de le répéter, je sors en courant du café, juste derrière Kévin. C'est un véritable troupeau devant les panneaux d'affichage, la bousculade totale. Quand certains sortent du troupeau, ils sont en pleurs, ou sautent dans tous les sens, tombent dans les bras de leurs proches. Sans parler de ceux qui ont le portable scotché à l'oreille, et que l'on entend dire : "C'est bon, c'est bon, je l'ai !"

Au bout d'un bon quart d'heure, j'arrive devant les feuilles de résultats. Je ne sais plus où est Kévin, il était à côté de moi avant de disparaître, sans doute mal embraqué dans la file des personnes qui avaient leurs résultats et tentaient de s'éloigner du panneau.

Admis.

Ouf !

Et Kévin ?

Ce n'est pas écrit sur cette feuille, je cherche…

Admis également.

Re-ouf !

Bah voilà. C'est bon, c'est fait. Pour tous les deux en plus, je suis soulagé. Pour moi, et soulagé pour Kévin, et puis heureux parce qu'on sera encore ensemble l'année prochaine. Qu'on va pouvoir continuer à faire les cons ensemble, surtout, et un peu travailler quand il faudra. Il sera là pour m'aider, me soutenir, je serai là pour lui aussi.

Une fille de notre classe vient me féliciter, elle a aussi son bac, elle vient aussi à la fête de ce soir. Je retrouve enfin Kévin, je lui saute dans les bras.

– On l'a ! Tu te rends compte, on l'a ! Tous les deux !

Mine de rien, Kévin a les larmes aux yeux. C'est qu'il est sensible sous ses airs de gros dur à cuire. Il sort son portable de sa poche, et appelle son père, puis sa mère. Son père est fier de lui.

– Tu te rends compte, c'est la première fois que mon père me dit qu'il est fier de moi. Je suis trop heureux. La première fois qu'il est fier de moi.

Puisque je n'ai pas de portable, Kévin me prête le sien pour que je prévienne mes parents. Messagerie. Ils sont tous les deux au boulot, je leur laisse chacun un message. Et puis, j'en profite pour les avertir que je rentrerai tard ce soir, puisque je vais à la fête.

– Mon vieux Kévin, je peux te dire que ce soir je vais me lâcher !

– Parce que tu crois que moi je vais me coucher sans fêter le bac ?! Tu es fou ! On va s'éclater cette nuit, c'est moi qui te le dis !

On a commencé par aller s'acheter une bouteille de champagne au supermarché. Le moins cher, mais du champagne quand-même. On s'est vidé la bouteille tous les deux, dans le petit jardin près du cinéma. Il faisait chaud, il faisait soif, et on avait un bac à célébrer. On a continué en chantant "On est les champions, on est les champions…", on se tenait bras-dessus, bras-dessous dans la rue. Une vieille dame est venue nous parler :

– Vous venez d'avoir votre bac, c'est ça ?

– Oui ! On est les champions, on est les…

– Hé bien, bravo, félicitations ! Mon petit-fils vient de l'avoir également.

Elle avait l'air heureuse, elle était bien gentille cette petite vieille. Nous aussi nous avions l'air heureux. On était les champions…

On est repassé chez moi. On avait un petit creux, le frigo s'est fait dévaliser. Kévin a pris une douche, je lui ai prêté quelques vêtements. Un pantalon noir, et une chemise, pour être un peu plus classe à la soirée. On ne sait jamais, c'est peut-être une journée de chance finalement, on va peut-être se trouver des filles... Ce serait idiot de tout gâcher à cause d'un survêtement passablement propre.

– Tu sais qui il y aura à la fête ?

– Pas trop ! Amandine m'a dit qu'elle viendrait, mais de toute façon je pense qu'il y aura tout le monde de la classe, vu qu'on a tous eu le bac. A part Manu, mais lui s'en foutait du bac, alors ça ne l'empêchera pas de venir faire la fête.

– Tu sais s'il y aura Alice ?

– Alice ? Qui c'est ?

– Tu sais bien, c'est la fille de l'autre terminale, la blonde...

– Ah, cette Alice... Tu es toujours sur l'affaire ?

Bien-sûr que Kévin est toujours sur l'affaire. Cette Alice, il pense à elle depuis six mois. Depuis les vacances de Noël, à une autre soirée. Elle était aussi invitée, il a flashé sur elle. Mais elle était avec son copain, un étudiant en droit, alors Kévin a été malheureux. Il voyait Alice tous les jours au lycée, il lui disait bonjour, et il savait que le cœur de cette fille était impossible à conquérir puisque déjà pris. Kévin est bien fait. Une jolie gueule, un corps bien proportionné, il est drôle et vif d'esprit, il plaît aux filles. Comme il ne pouvait pas avoir Alice, il a eu une bonne dizaine d'autres filles ces six derniers mois. Mais il n'a pas oublié Alice.

– Et toi, qui as-tu en vue ?

– Personne...

Non, Julien n'a personne en vue. Julien s'est fait larguer par l'amour de sa vie il y a deux mois, alors Julien n'a plus envie de penser aux filles. Penser aux filles, c'est penser à elle, et c'est trop dur, ça fait toujours aussi mal. Entendre son prénom me donne envie de pleurer, encore aujourd'hui. Heureusement qu'elle n'était pas au lycée avec moi, je n'aurais pas supporté de la croiser chaque jour dans les couloirs du bahut. Je n'aurais pas supporté de faire comme s'il n'y avait jamais rien eu entre nous. J'en serais mort je crois.

Maintenant, c'est l'heure du choix du parfum. Kévin et moi sommes dans la salle d'eau. Ma mère a toute une collection de flacons, mon père quelques eaux de toilette, il faut choisir.

– Il pue celui-là.

– Essaie celui dans le flacon bleu, j'aime bien.

Un bon quart d'heure plus tard, le choix est enfin effectué. Kévin, qui n'aime que les parfums de femme, a choisi le flacon bleu. Pour moi, ce sera un parfum pour hommes, plutôt sport. La fête a déjà commencé, il est temps qu'on y aille.

L'ambiance est déjà là quand nous arrivons. Nous sommes les derniers, apparemment. Tout le monde est là, toute la classe, et même plus, est venue fêter les résultats. La musique va très fort dans ce pavillon de banlieue déserté par les parents. Nous sommes au moins cinquante, peut-être plus.

– Hé, Julien, viens voir !

– Quoi ?

– Tu as vu, Alice est pas là.

– Mais si, je l'ai vue tout à l'heure, elle est là.

– Tu es sérieux ?

– Oui, je te dis qu'elle est là, ouvre un peu tes yeux, mon pote !

– Yes, c'est mon jour de chance alors !

Kévin a les yeux qui brillent. Alice est là, il a le bac en poche, c'est une journée de rêve. Il n'y a que la fenêtre du bus qui lui aura causé du souci aujourd'hui.

Je vois Kévin qui tente sa première approche. Mais Alice est en train de discuter avec une copine, ce n'est pas le moment. Alors, Kévin revient me voir.

– Tu as vu son mec ?

– Non, je pense qu'il n'est pas là, sinon elle serait avec lui.

Kévin se frotte les mains.

– Mon jour de chance, je te dis... Bon, je vais me chercher à boire en attendant qu'elle ait fini de discuter avec machine.

Et pendant que Kévin va se servir à boire, Alice s'approche de moi. Elle vient me parler. J'ai du mal à y croire.

– Salut, Julien, alors, le bac ?
– Bah c'est bon, je l'ai, et toi ?
– Pareil !
– Au fait, comment tu sais que je m'appelle Julien ?
– Bah je te croise tous les jours, j'ai demandé à une fille de ta classe comment tu t'appelles. Moi c'est Alice.
– Je sais, je sais... Au fait, ton copain n'est pas là ?
– Mon copain ?
Elle me sourit, un peu jaune. Et elle m'explique qu'elle n'a pas de copain, ou plutôt qu'elle n'en a plus. Elle l'a quitté, pour mille raisons. Et Kévin qui est toujours au coin bar. Alice est mignonne, mais ce n'est pas le style de fille que j'aime. Je préfère les brunes, avec la peau foncée.
– Et toi, tu as une copine ?
Non. Pas de copine. Dépêche-toi, Kévin !
Alice continue :
– Tu sais, pour être franche, je te trouve vraiment bien comme mec, et j'aimerais bien qu'on sorte ensemble.
– ...
Là, je me suis trouvé bête. Pas de réponse à donner, je ne sais pas quoi dire. Alice, celle qui fait fantasmer mon meilleur pote depuis six mois vient me draguer, alors qu'elle ne me plaît pas du tout. Vite, trouver quelque chose à répondre !
– Tu veux quelque chose à boire ?
– Oui, je veux bien du punch.
– Bouge pas, je vais te chercher ça.
Bien joué, Julien, ça te donne un peu de répit et je vais pouvoir parler avec Kévin. Enfin, si je le retrouve.
Le voilà. En deux secondes, je lui explique la situation. Il est aussi étonné que moi, un peu déçu aussi, je pense, de ne pas être à ma place.
– Tu as envie de t'amuser, Julien ?
– Dis toujours l'idée que tu as derrière la tête !
Kévin a toujours des idées un peu malsaines quand il a bu. Et nous avons tous bu à ce moment-là, lui, moi, et Alice.
– Essaie de chauffer Alice, pour voir.

Et je repars, un verre de punch à la main, en direction d'Alice. Je reprends la conversation où nous en étions.

– Oui, j'ai envie de sortir avec toi.

Du coup, elle m'embrasse. Et je reprends :

– Mais je n'ai pas envie de m'engager dans une relation sérieuse, tu comprends. Je préfère papillonner, après-tout je suis trop jeune pour me marier et j'ai été déçu.

– Ne t'inquiète pas, je recherche pas non-plus un truc sérieux. Disons que c'est juste pour s'amuser ce soir.

Bingo. Finis ton verre ma chère Alice, il faut que j'aille discuter avec mon pote.

– Tu veux un autre punch ?

– Oui.

– Alors ?

Kévin a tout observé de loin, il a vu qu'elle m'a embrassé.

– Alors ? Alors, c'est une chaude, je te le dis. Elle veut s'amuser.

– Propose-lui un truc à trois.

– Tu veux dire nous deux, plus elle ?

– Exact.

J'aurais été choqué si je n'avais pas bu.

Retour auprès d'Alice. Elle rit pour un rien, elle est vraiment faite.

– Dis-moi, Alice, ça te dit qu'on monte dans une chambre, histoire de s'amuser vraiment ?

– S'amuser comment ?

– Bin tu vois, s'amuser entre adultes. Disons que j'ai envie de sexe ce soir.

– Moi aussi j'en ai envie.

C'est bien parti là, très bien parti.

– Et ça te dirait qu'un pote vienne avec nous deux ?

– Qui ?

– Mon pote, là-bas ?

– Pourquoi pas.

L'affaire est vite réglée. Nous montons tous les trois dans une chambre, au premier. Alice s'est vite déshabillée, et puis elle a commencé à me sucer, pendant que Kévin retirait ses vêtements. Cela n'a pas duré longtemps, Kévin et moi avons bien pris notre pied, puis nous sommes redescendus pour boire. Alice est redescendue aussi, cinq minutes plus tard. Elle est passée devant moi, sans rien dire. Elle s'est resservie à boire, puis est allée discuter avec sa copine. Kévin est revenu me voir.

– Mon jour de chance, mon pote. Mon jour de chance. Mon Juju, c'était vraiment mon jour de chance.

– Le bac, Alice, plus ton vieux fantasme : faire tourner une fille. Tu as eu la totale aujourd'hui.

– Mon jour de chance.

Paul.

Ouf ! Je n'en peux plus, je suis complètement vidé. Encore une journée épuisante. La dame à la réception me souhaite une bonne soirée, et mon chauffeur m'attend dans la Cour.

– Bonsoir, Monsieur le Ministre.

– Oh, arrêtez avec ça, Paul. Vingt ans que vous me conduisez, continuez de m'appeler comme avant.

– Très bien, Monsieur.

Il a mis le moteur en marche. Direction Évreux, retour chez moi. Je suis impatient de retrouver mes gosses. Ma femme aussi, et m'asseoir dans le canapé en regardant la télé, me vider un peu la tête, puis aller faire un bisou à Marie avant qu'elle s'endorme. Elle est tellement mignonne.

Marie a six ans. Elle est venue un peu par hasard, on ne l'attendait pas vraiment avec ma femme. Nos deux autres enfants, François et Sabrina avaient vingt et seize ans quand Marie est née. Ma femme ne semblait pas spécialement désirer un troisième enfant, mais Marie est arrivée, et elle remplit vraiment nos vies de bonheur. Elle est toujours joyeuse, et si vive, tout l'intéresse. Elle a un tel besoin de découverte, d'apprendre de nouvelles choses. François m'a dit un jour que Marie ressemble à une enfant surdouée, j'ai pris ça à la rigolade mais nous avons décidé avec ma femme de l'emmener faire des tests, on ne sait jamais. Au moins, on sera fixé.

Paul conduit bien. Il est mon chauffeur depuis vingt ans presque, et il conduit toujours aussi bien. Vite, mais avec beaucoup de souplesse, et en toute sécurité. Il est presque devenu un ami, avec le temps. Je le vois tous les jours depuis si longtemps, il est agréable et courtois, prêt à m'écouter quand j'ai envie de parler pendant un trajet, ou à se taire quand je préfère voyager dans le silence.

Je l'ai connu quand j'ai été nommé Ministre de la Jeunesse et des Sports. J'avais trente-six ans, je venais d'être élu député de l'Eure. Comme c'est mon camp qui a remporté les législatives, on m'a nommé Ministre. J'étais jeune, ancien joueur de handball pour l'équipe de France, et médiatique, alors ma nomination à ce ministère était un bon coup de pub pour le nouveau Premier Ministre.

Je ne suis resté que seize mois en poste. Il y a eu remaniement ministériel. Je me souviens encore de l'entretien que j'ai eu avec le Premier Ministre.

– Mon cher, vous avez fait du bon travail à la Jeunesse et au Sport. Comme vous le savez, je vais modifier la composition du gouvernement, pour lui donner un nouveau souffle et de nouvelles orientations de travail, dans le but de favoriser les réformes indispensables. Accepteriez-vous de prendre en charge le ministère de la Justice ?

– La Justice ? Mais, Monsieur le Premier Ministre, mes connaissances…

– Je sais, vous n'y connaissez rien dans ce domaine. Mais je vous sais capable de réussir. Et puis vous avez une excellente image, et je vous donnerai des instructions précises pour vous orienter dans le travail.

– Je vous remercie de votre confiance, mais…

– Je vous donne douze heures de réflexion.

Finalement, je n'ai pas accepté le poste. Je ne m'en sentais pas capable, j'ai préféré refuser. Je n'ai pas été maintenu à la Jeunesse et au Sport. Cela a un peu mal tourné pour moi par la suite. Mon parti ne m'a pas pardonné d'avoir refusé de devenir Garde des Sceaux. J'aurais dû être le ministre sympa du gouvernement, celui qui a été médaillé aux jeux olympiques, une espèce de symbole, celui qui garantit une certaine popularité au gouvernement.

Aux municipales, un an plus tard, le parti a tout fait pour que je sois battu dans ma tentative de remporter la mairie d'Évreux. Et il a réussi. Un candidat dissident, une campagne de calomnie dans la presse qui se nourrissait de fuites et ragots sortis de nulle part, j'ai été battu. Je croyais que ma carrière politique était passée, déjà, après-tout ce n'était peut-être pas plus mal ainsi.

Mais j'ai de nouveaux été élu député. Au premier tour, comme c'est le cas tous les cinq ans depuis. J'en suis au début de mon cinquième mandat consécutif dans cette circonscription. J'ai aussi été maire d'Évreux pendant huit ans par la suite, mais j'ai préféré passer la main car mon corps commençait à mal supporter le cumul des mandats. J'ai fait une attaque il y a quatre ans, alors j'ai démissionné du conseil municipal, c'était plus prudent. Aujourd'hui, ça va mieux.

Paul m'a toujours accompagné au cours de ces années. Depuis le premier ministère, fidèle au poste. Depuis un an, je suis à nouveau ministre, de l'Environnement cette fois.

– Paul, vous pensez que je devrais conduire la liste du parti aux européennes ?

– Je ne pense pas, Monsieur.

– Pourquoi donc ?

– Vous allez les perdre ces élections, ça ne sera pas bon pour vous personnellement.

Paul a toujours été de bon conseil. Mine de rien, il est un fin analyste politique. Il connaît toujours le résultat des élections trois mois à l'avance, il ne fait jamais de mauvais pronostic. C'est incroyable.

– Oui, mais j'aimerais être député européen.

– Dans ce cas, mettez-vous en cinquième position sur la liste, faites une campagne discrète, mais ne vous mettez pas en première ligne. Ce serait un échec personnel après.

– Si vous le dîtes.

– Et votre ministère, vous allez l'abandonner ? Vous ne pourrez pas être député européen et ministre.

– Je sais, mais j'envisage de démissionner. J'ai les mains liées ici, je ne fais rien d'autre que de faire plaisir à nos alliés écolos, et je n'en peux plus.

– Vous avez raison. Et puis, l'Europe c'est l'avenir. Non ?

– Je ne sais pas trop, oui, certainement. Vous savez, je ne me représenterai plus aux législatives, je crois que j'ai fait mon temps et qu'il sera l'heure de passer la main aux prochaines élections.

– Ah, si tous les politiques étaient comme vous !

– Arrêtez, Paul, vous vous moquez !

– Non, Monsieur, je vous assure que je vous admire beaucoup. Vous êtes quelqu'un de bien, ce n'est pas toujours la cas dans ce milieu.

– Comment vous pouvez dire ça ?

– Oh, vous savez, je discute pas mal avec mes collègues. Vous savez, ceux qui conduisent vos collègues à vous.

– Et alors ?

– Hé bien, on se raconte tout entre chauffeurs, et je peux vous dire que vous n'êtes pas ce qu'il y a de pire en politique, croyez-moi.

– Merci de dire ça, Paul. Vous n'êtes pas le pire des chauffeurs non-plus, je le sais.

Paul porte toujours une casquette. Un jour, je lui ai dit qu'il ne devait pas se sentir obligé d'en porter une avec moi, que cela ne me dérangerait pas qu'il soit tête nue. Mais Paul a des principes, son métier s'exerce avec une casquette sur la tête, point final. Bon, ça fait un peu vieux jeu, mais si Paul tient à sa casquette, je ne vais pas l'empêcher de la porter, ce serait absurde.

En fait, je ne connais pas beaucoup Paul. Il m'écoute, sait me conseiller, il est toujours disponible quand j'ai envie de parler de ma petite famille et de Marie, mais moi je ne connais pas bien sa vie. Je sais juste qu'il est marié, depuis longtemps, et qu'il a eu deux garçons, jumeaux, qui sont partis vivre il y a cinq ans au Royaume-Uni. Je pense que Paul est très pudique.

– Mais je ne vais plus travailler pour vous si vous quittez le ministère et la députation ! De quoi je vais vivre, moi, après ?

– On fera comme quand je n'avais plus droit à un chauffeur ! Je vous embaucherai à titre privé ! Vous savez bien que je ne peux pas me passer de vous.

– Bien-sûr, vous n'avez pas le permis !

– C'est bien ce que je dis !

Et on rigole, ça fait du bien après une journée de travail plutôt pénible. Des dossiers, des tonnes de dossiers à travailler, et les pressions à subir.

Les écolos qui ne veulent pas du nouvel aéroport, le Premier Ministre qui en veut absolument, et puis les lobbies qui passent leur temps à harceler ma secrétaire pour obtenir un rendez-vous. Et quand je veux prendre une décision, le Premier Ministre qui refuse, pour ménager tel ou tel groupe de pression. Alors, je me demande à quoi je sers. A faire sympa, à donner une bonne image. La médaille olympique, encore et toujours. Elle remonte à belle lurette, mais on m'en parle encore tous les jours, et c'est comme si je la portais constamment autour du cou. Au moins Paul ne m'a jamais emmerdé avec ça, il déteste le sport. Il ne sait même peut-être pas que j'ai joué au hand.

– Vous la trouvez comment cette nouvelle voiture ?

– Je suis comme tout le monde, vous savez, je m'étais attaché à l'ancien modèle. Mais j'avoue qu'elle a du punch, elle est agréable à conduire.

– Moi je la trouve moins confortable que l'autre, mais ce n'est peut-être qu'une question d'habitude.

Je serai mieux assis dans quelques semaines, quand le siège arrière aura pris la forme de mes fesses.

– Vous avez chaud, Monsieur, voulez-vous que je branche la climatisation ?

– Non, ça va comme ça, Paul, enfin branchez-la si vous avez chaud, mais moi ça va. Par contre, j'ai soif, vous n'auriez pas de l'eau par hasard ?

– Non, désolé, Monsieur, je n'ai pas d'eau.

– On arrive dans combien de temps, à votre avis ?

– Je dirais une heure et quart.

Il va encore être minuit quand je vais arriver à la maison, c'est vraiment pénible. Je passe de moins en moins de temps avec ma famille, je ne vois pas Marie grandir. Ma femme ne dit rien, elle a toujours accepté cette vie sans se plaindre, mais j'ai de plus en plus de mal à rester à Paris le nez dans les dossiers pendant que le reste de la troupe est à Évreux. Un temps, ma femme a vécu avec moi à Paris, mais elle n'a jamais aimé cette ville, pas plus que moi d'ailleurs, elle s'est vite résignée à retourner vivre dans l'Eure, alors je dois faire des allers-retours permanents. Et pendant que je suis en voiture, je ne suis pas avec la famille. Heureusement qu'il y a Paul, le trajet semblerait plus long sans lui.

– Paul, on va s'arrêter pour prendre un café, sur cette aire d'autoroute.

– Très bien, Monsieur.

Une fois descendu de voiture, je suis allé aux toilettes, puis j'ai fait un détour par le kiosque à journaux. Il paraît qu'il y a un article sur moi dans le journal de ce soir. Je n'ai pas encore eu le temps de le lire, et j'ai oublié mon journal au bureau, j'en rachète un. Effectivement, ça parle de moi : “Julien Bouillac : Le champion du compromis”. Ils parlent du dossier du tunnel des Alpes, dans lequel je m'en suis plutôt bien tiré. J'avais tout le monde sur le dos, personne n'était satisfait du premier projet élaboré par l'équipe du ministre qui m'a précédé à ce poste, les choses se sont arrangées petit à petit, même si la bataille aura été de tous les instants. Finalement, tout a été signé il y a deux jours, et plus personne ne manifeste contre le projet.

Je rejoins Paul dans le coin café de la station. Il m'a pris un café serré, il connaît mes goûts à force. Les gens me regardent d'un drôle d'œil, comme à chaque fois qu'on s'arrête pour prendre un café avec Paul. J'entends une femme qui dit à son mari :

– Regarde, c'est pas le ministre qui faisait du sport ça ?

Si, Madame, c'est bien moi. Je comprends bien qu'ils soient surpris de voir un ministre assis sur une chaise en fer, en train de boire son café avec son chauffeur. Mais moi j'adore ces moments, quand il ne nous reste plus beaucoup de route à faire avant d'être arrivés, et que Paul me parle de la dernière Alfa Roméo. Celle qui vient de sortir, celle qui est encore plus belle que celle d'avant. Paul est un amoureux des Alfa. Ce qui m'étonne avec Paul, c'est que nous sommes devenus assez familiers, on se raconte pas mal de choses assez personnelles, je lui fais bon nombre de confidences, mais nous continuons toujours à nous vouvoyer, et surtout, il met son “Monsieur” dans la plupart de ses phrases. Il ne peut pas faire autrement, c'est sa fonction qui veut ça, c'est ce qu'il m'a expliqué. Nous en avons parlé, je lui ai demandé de m'appeler par mon prénom, mais il ne le souhaite pas.

Je me suis assis en face de Paul. Il a grossi ces dernières semaines, il a les joues plus pleines et le ventre qui se voit désormais. C'est que lui aussi vieillit. Un jour, ils ont voulu me changer de chauffeur. C'est quand je suis arrivé à l'Environnement. Nouveau poste, nouveau chauffeur, m'ont-ils dit. J'ai fait un scandale, et j'ai fini par réussir à garder Paul. Pour rien au monde je ne l'échangerais celui-là. On se connaît depuis si longtemps. Moi aussi j'étais plus mince quand on s'est connu. Il faut dire que je fais cent-dix kilos aujourd'hui. Je n'ai jamais été maigre, en vérité, mais j'étais sportif de haut niveau alors j'avais une discipline alimentaire et des entraînements deux fois par jour. Après avoir arrêté le hand, je me suis mis au jogging. Mais depuis dix ans, je ne fais plus de sport du tout. Pas le temps. Je n'ai déjà pas assez de temps à consacrer à Marie, alors au sport… C'est pour cela que je suis enrobé à ce point. Bon, je ne suis pas encore énorme, je mesure quand-même un mètre quatre-vingt dix, mais j'ai du poids en trop.

– Ils disent beaucoup de bien de vous dans cet article, je l'ai lu en vous attendant dans la voiture.

– Ils disent toujours du bien de moi dans ce journal, c'est étrange. Même quand ils démolissent le gouvernement, il y a toujours un mot gentil pour moi.

Encore un coup de la médaille, sûrement.

– Comment va votre femme, Paul ?

– Oh, ça va bien. Merci. En fait, on croyait que ça n'allait pas, mais le médecin nous a rassurés.

– Comment ça ?

– Hé bien ma femme avait fait des examens, car elle se sentait pas très bien. Et le premier médecin qu'on a vu pensait qu'elle avait un cancer du sein.

– Mon Dieu ! Je ne savais pas !

– Mais, en fait, ce n'était rien. On a fait d'autres examens, et ils sont rassurants, elle n'a rien en réalité.

– Tant mieux, sincèrement. Vous allez partir en Vendée cet été alors ?

– Oui, comme tous les ans.

Tous les ans, Paul passe son mois d'août en Vendée, avec sa femme et les jumeaux qui reviennent en France pour l'été. C'est une tradition familiale, des vacances dans un camping où ils sont les habitués. Un bonheur simple. Avec ma femme, nous allons en Tunisie cet été, chez un vieil ami qui était mon coéquipier en club quand j'étais handballeur.

Je me rends compte que Paul connaît tout de ma vie. Je connais une infime partie de son existence, mais lui sait tout de moi ou presque. Je lui dis tout, je l'ai prévenu quand Marie a commencé à marcher, quand elle a dit "Papa", quand elle est rentrée à l'école. Paul est plus qu'un chauffeur. C'est un confident. Malgré ça, nous restons assez distants l'un envers l'autre. C'est étrange, quand j'y pense. S'il ne travaillait pas pour moi, je pense qu'il serait mon meilleur ami. Mais voilà, il est mon chauffeur, et il a un devoir de réserve. Il est tellement consciencieux.

– Dîtes-moi, Paul, vous votez à droite ou à gauche?

Vingt ans que je le connais, et je ne sais même pas s'il voterait pour moi.

– Je suis du parti de ceux qui ne croient guère à la politique, Monsieur.

– Vous avez raison, Paul. Mille fois raison. Moi aussi je me demande à quoi je sers.

– Ha, par contre, j'aime bien ce que vous faîtes, je vous le dis en toute franchise. Si je devais croire une personnalité politique, ce serait vous.

– Vous êtes trop bon avec moi, Paul, vraiment trop bon.

Et si… Pourquoi pas, après-tout.

– Vous savez, Paul, cela fait trop longtemps que je n'ose pas vous demander ça, mais je me lance: je souhaiterais que vous deveniez mon conseiller personnel.

– Comment ça? Vous plaisantez, Monsieur?

– Pas du tout. Vous avez tout compris en politique, je l'ai remarqué dès le début. Je vous apprécie énormément comme chauffeur, mais je sais que vous pourriez m'être encore plus utile si vous deveniez mon conseiller.

– Je ne sais pas quoi dire, vous savez…

– Hé bien, acceptez!

– Mais je ne sais que conduire, je ne sais rien faire d'autre!

– Vous êtes bien plus brillant que bon nombre d'employés des ministères, croyez-moi. Paul, écoutez, je vous donne l'occasion de changer de vie. Tripler votre salaire, et ne plus passer vos journées à m'attendre.

– Oh, vous savez, moi, l'argent…

– Je sais, ce n'est pas ce qui compte le plus dans une vie, mais vous êtes proche de la retraite, et vous pourriez offrir des voyages à votre femme comme ça…

Ha ! Sa femme ! J'ai touché le point sensible là. Je reprends :

– Bon, je vais quitter le ministère, donc vous ne serez pas mon conseiller là. J'ai déjà un attaché parlementaire, mais…

– Vous voyez, il n'y a pas de place pour moi.

– Attendez, Paul… Attendez. Le parti est en train de faire la liste des candidats aux élections européennes. Vous savez que je suis membre du bureau national. Je vais demander que vous soyez sur cette liste. En cinquième position, et moi je serai sixième. Comme ça, vous serez élu sans problème. Ils ne peuvent pas me refuser cette faveur au bureau.

– C'est de la folie, vous me voyez député européen ?

– Bien-sûr ! On a besoin de gens comme vous, pleins de bon-sens, plutôt que des énarques pré-formatés.

– Mais vos collègues ne voudront jamais de moi sur la liste !

– Si ! J'obtiens ce que je veux du bureau national, vous savez ! La médaille, toujours la médaille !

Paul ne sait plus quoi dire. Il faut avouer, vingt ans qu'il travaille pour moi comme chauffeur, et voilà que je lui propose de le faire élire député européen !

– Venez souper chez nous demain soir, Paul. Avec votre femme, nous discuterons de tout cela.

Paul n'est jamais venu dîner chez nous. Ce sera l'occasion.

– Vous savez, c'est intimidant !

– Je sais, mais à partir d'aujourd'hui, vous n'êtes plus mon chauffeur. Vous êtes un camarade du Parti. Vous continuerez à me conduire, mais comme un camarade rend service à un camarade. Je vous aiderai quand vous vous sentirez perdu. Vous savez, je suis venu à la politique après avoir joué au hand, alors pourquoi pas la politique après avoir conduit !

– Mais…

– Arrêtez vos "mais…" C'est décidé. Demain, vous venez dîner. Moi je démissionne du ministère lundi, et je vous fais mettre en cinquième position sur la liste. Et quand vous serez élu, je vous trouverai deux ou trois conseillers efficaces.

Je ne l'ai pas laissé répondre. L'affaire est entendue. Paul sera bientôt député européen. Et je sais qu'il sera un très bon député européen. C'est l'heure de reprendre la route, direction Évreux.

En redémarrant, Paul me lance :
– C'est ma femme qui va en faire une tête quand je vais lui raconter ça !
Et d'ajouter :
– Merci, Monsieur.
– Paul, à partir de maintenant, vous m'appelez Julien.
– Merci, Monsieur Julien.
Un sourire.
– Merci, Julien.

Simone.

Trois jours qu'il pleut, trois jours que je ne peux pas sortir. J'aime bien faire un tour au square, quand il fait beau, mais impossible de mettre le nez dehors par ce temps. J'attraperais la crève, ou glisserais par terre, mieux vaut rester en lieu sûr. Et puis Simone a besoin de moi, a besoin que je reste auprès d'elle. Je lui tiens compagnie, même si elle n'est plus assez lucide pour remarquer ma présence, je suis certain qu'elle sent que je suis là, au fond d'elle, et que ça lui fait du bien. Ma Simone.

Simone va mourir. Son cancer de l'estomac s'est généralisé. Le médecin a dit qu'elle n'en avait pas pour plus de deux ans. C'était il y a huit mois, je pense qu'il avait même été un peu optimiste. Simone est dans la dernière ligne droite désormais, et chaque soir je me demande si elle respirera encore le lendemain matin. C'est dur de se dire que les instants passés avec elle sont les derniers, qu'il n'y en aura plus ensuite, qu'elle va me quitter pour de bon. Qu'il n'y aura pas de réconciliation cette fois, qu'elle ne pourra jamais revenir de là où elle part. Et puis, c'est terrible cette attente. On sait qu'elle va mourir, rapidement, alors on attend la mort. On attend. Je ne quitte presque plus cette chambre d'hôpital, sauf pour faire mon tour au square. Je ne fais rien d'autre qu'accompagner Simone aussi loin que je pourrai. Et je suis presque au bout. La mort va nous séparer pour de bon.

Simone a soixante-neuf ans. On se connaît depuis nos quinze ans, depuis l'adolescence. On a traversé la vie ensemble. Nos parents habitaient le même petit village provençal, du côté d'Aix. Je l'ai connue au bal du samedi soir, elle m'a plu et je lui ai plu, et tout était arrangé. Je l'ai épousée à dix-huit ans, on était bien amoureux. Moi, je travaillais comme maçon, elle faisait du repassage. Et puis, je me suis mis à mon compte, j'avais à peine vingt-cinq ans. Simone voulait un enfant, je n'avais pas le temps. Nos premières disputes sont nées de ça, elle s'enfermait dans la chambre pour pleurer, en répétant qu'il faudrait bien que je lui fasse un bébé, un jour.

– Un jour, oui, mais pas maintenant. J'ai trop de travail pour penser à ça en ce moment.

Ce n'était jamais le moment. Ensuite, il y a eu la guerre, ce n'était pas non-plus le moment. J'ai sauvé mon entreprise en travaillant comme un fou, et en oubliant de faire un bébé à ma femme que je commençais à oublier d'aimer. L'époque était trop grave pour qu'elle me fasse des reproches, mais elle n'avait toujours pas son bébé.

Après la guerre, j'ai fait fortune. Pas des milliards, mais j'ai vraiment gagné beaucoup d'argent. C'était la reconstruction, et mon métier était de construire, ça tombait bien. On est parti d'Aix, pour la région parisienne, il y avait énormément de travail là-bas. J'ai acheté un grand pavillon à Simone, à Saint-Cloud, pensant qu'un jour nos enfants en profiteraient. Mais, en attendant, ce n'était pas le moment de faire un bébé, trop de travail, et puis le pays comptait sur les gens comme moi pour relever les murs. Simone pleurait de plus en plus souvent, elle disait que je n'avais pas de cœur. Elle disait qu'elle allait me quitter si je continuais à refuser de lui faire un enfant. Après-tout, elle avait déjà trente ans passés, elle n'allait pas attendre toute sa vie. Un jour, il serait trop tard, un jour elle ne pourrait plus avoir d'enfant. Elle travaillait toujours dans une blanchisserie.

– A quoi ça sert de bosser comme des fous si ce n'est pas pour que nos enfants en profitent un jour ?

– Mais nous en aurons des enfants !

– Quand ? Quand j'aurais cinquante ans ? Ce sera trop tard. Et puis, attend que je sois morte pendant que tu y es !

Et elle pleurait.

Un jour, enfin, je me suis décidé à faire un enfant. Je me sentais prêt, et je ne voulais pas risquer de perdre ma femme. Simone en a pleuré quand je lui ai annoncé que je voulais un enfant d'elle.

Simone a continué à pleurer, mais pas de joie. Elle s'est retrouvée rapidement enceinte. A cinq mois de grossesse, elle a perdu le bébé. En soi, c'était déjà un moment difficile à passer. Mais, le pire était encore latent. Sa fausse-couche a en effet rendu Simone stérile, à vie. Pas de traitement possible, aucun espoir. Inutile de dire que cela a gâché toute l'existence de mon épouse, et partiellement la mienne aussi.

Alors que nous vivions ces moments difficiles sur le plan personnel, les affaires de mon entreprise tournaient à plein. J'avais en charge de nombreux chantiers, dont certains importants, et j'avais plus de trois-cent ouvriers salariés. La fortune était là, mais pas de bébé. Je suis rentré au Parti Communiste à cette époque, j'ai été bien accueilli dès le départ, sans que personne ne fasse d'allusion à ma richesse. J'ai commencé à militer, de plus en plus. J'avoue que, comme le boulot, c'était un moyen d'échapper aux pleurs de Simone qui n'admettait pas sa stérilité, et qui allait vraiment mal.

J'ai toujours été communiste. Mon père l'était, ma mère aussi, mes grands-parents avaient la plus grande des admirations pour Staline, qui avait mis tellement d'ordre dans le bazar russe... Il était donc logique qu'un jour où l'autre je milite au PC. Et puis, j'ai toujours été amoureux des poèmes d'Aragon. C'est idiot, mais ce que je préférais au PC, c'était qu'Aragon était de la maison. Les yeux d'Elsa m'ont tellement fait pleurer. Moi qui ai tant détesté la poésie au lycée, les Racine et autres me sortaient par les oreilles, mais Aragon me faisait pleurer. Ce type avait forcément raison, et s'il était au PC, c'est que la vérité était au PC. J'ai depuis quelques doutes à ce sujet, sans que mon engagement n'en soit affecté ou remis en cause.

C'est au Parti que j'ai rencontré ma maîtresse. Dominique. Elle était toute jeune, toute belle, je n'ai pas pu résister. Cela n'a pas duré longtemps, Simone ne l'a jamais su. Je suis devenu rapidement chef de section au Parti. Je donnais beaucoup d'argent, mais il faut dire que j'en gagnais trois fois plus, et ne dépensais rien. Mon épouse était aussi peu dépensière que moi, et elle avait franchement trop de malheur à porter pour penser au confort et au luxe. Simone a quitté son emploi, pour devenir secrétaire dans une grande entreprise, son travail lui faisait un peu penser à autre chose.

A la maison, c'était glacial. On ne se parlait plus. Et quand on se parlait, elle pleurait instantanément. Le pavillon de Saint-Cloud était trop vide sans enfant, nous avons déménagé pour un appartement dans Paris. Un truc pas très grand, sans luxe, mais un appartement dans le seizième quand-même. C'est encore là que j'habite, seul désormais puisque Simone ne vit plus que dans une chambre d'hôpital.

De Gaulle est revenu au pouvoir. Je suis devenu député. Simone a semblé aller mieux, se faire à l'idée qu'elle ne serait jamais maman, autant que possible. Du coup, j'ai pris une autre maîtresse. Elle avait vingt ans, et moi le double. Elle s'appelait Clémence, elle était douce comme une enfant. J'ai caché Clémence à Simone pendant trois ans au moins, je ne sais plus très bien. Mais Clémence est tombée enceinte de moi, et là je n'ai pas pu cacher la réalité plus longtemps.

J'ai annoncé la nouvelle à mon épouse autour du repas, un soir.

– Une jeune femme est enceinte de moi.

– Tu plaisantes ?

– C'est la vérité.

– C'est qui cette femme ?

– C'est une personne que je fréquente depuis longtemps.

Simone m'a regardé droit dans les yeux, sans rien dire. Et elle a failli me tuer. On imagine les gros titres dans les journaux : Le député communiste assassiné par son épouse trompée.

– Tu vas me quitter, Julien ?

Je me souviendrai toujours de ses yeux quand elle a posé cette question. Elle ne voulait pas pleurer, elle ne voulait pas craquer, mais c'était plus fort qu'elle, ses larmes coulaient quand-même. Elle pensait que j'allais la quitter, d'ailleurs je pensais aussi que j'allais partir, et vivre avec Clémence.

C'est Simone qui est partie.

– Au moins, avec elle, tu pourras avoir des enfants. D'ailleurs, c'est déjà commencé. Je ne vois pas pourquoi tu resterais avec moi.

Simone était fair-play. Elle pensait m'avoir perdu, parce qu'elle ne pouvait pas avoir d'enfant et comprenait très bien que je préfère être avec une femme plus jeune et pouvant me donner une progéniture. Moi, je m'en fichais pas mal d'avoir des gosses ou non. Ce n'était pas quelque chose d'indispensable à mon équilibre. Je ne m'étais pas mis avec Clémence pour être avec une femme pouvant faire de moi un papa. Non. Simplement, elle m'attirait beaucoup et j'étais bien avec elle. Clémence avait les cheveux longs, blonds, et de grandes jambes comme j'aime. Elle parlait lentement, et sensuellement, et disait qu'elle m'aimait comme elle n'aimerait jamais personne d'autre. Simone ne m'avait jamais dit de telles choses. Et inversement, je faisais à Clémence des déclarations que je n'avais jamais faites à mon épouse, même dans notre jeunesse.

Simone est partie vivre chez une amie, pendant ce temps je travaillais au Palais Bourbon. Et j'en ai eu marre. Marre de Clémence, marre de ne plus voir Simone en rentrant le soir. Certes, Simone et moi avions une relation bancale, nous n'étions pas heureux ensemble, nos discussions étaient presque inexistantes, mais j'étais encore moins heureux sans elle. Clémence ne comptait pas vraiment. Si j'étais bien avec elle, c'était en complément de Simone. Et sans Simone, pas besoin de complément. C'est idiot, mais j'ai quitté Clémence une semaine après que mon épouse soit partie.

– Pourquoi tu me quittes ?
– Simone me manque trop.
– Quoi ? Ta femme ? Cette vieille ?
– Oui, cette vieille me manque, comme tu dis.
– Mais pourquoi ?
– Je ne sais pas, elle me manque, c'est tout.
– Et le bébé ?
– Le bébé, je t'aiderai à l'élever…

Elle m'a traité de salopard, si je ne me trompe pas. Ce n'était pas du fric qu'elle voulait. C'était de moi dont elle avait besoin, et d'un père pour son gosse.

Clémence a dû accoucher un jour, je dois être papa. Je n'ai jamais su s'il s'agit d'une fille ou d'un garçon, Clémence ne m'a jamais averti. Elle est partie de Paris le jour où je l'ai quittée et je n'ai plus jamais entendu parler d'elle de toute ma vie. C'est un peu sordide, mais c'est ainsi. Je ne l'aimais pas, je n'avais pas envie de faire ma vie avec elle. Du coup, comme j'ai quitté Clémence alors qu'elle était enceinte, Simone est revenue. Sans un mot, sans une question, elle est revenue. Je n'ai pas demandé pardon, nous avons repris notre vie d'avant. Elle m'a laissé avoir deux autres maîtresses plus tard, sans m'emmerder avec ça. Elle aussi a connu un amant, elle m'a même quitté pour lui, quelques jours, en juin 1968, avant de revenir.

– Je ne me sentais pas bien loin de toi, me dira t'elle simplement.

Je suis resté député jusqu'en 68, justement. J'ai ensuite laissé mon siège à un jeune du Parti et suis devenu sénateur. Je le suis toujours, d'ailleurs. Sénateur du Val d'Oise. Toujours pour le PC. 1968. J'ai bien cru que les choses allaient basculer en mai, comme beaucoup de monde. Et puis le Général a bien joué son coup et bien roulé tout le monde dans la farine. Des élections, c'était bien la seule chose qui pouvait calmer les gens. La France ne pense plus à rien quand elle est en campagne. Finies les revendications, finies les utopies. Tout cela se dissout si bien dans la grande soupe des élections.

Effectivement, les gens ont voté en masse pour l'ordre et la sécurité.

– Tous les moutons.

J'ai répété cette phrase sans arrêt pendant quinze jours au moins.

Mon entreprise a bien tourné tout au long des trente glorieuses, je l'ai revendue à prix d'or en 1971. Une bonne affaire pour moi, deux ans avant le début de la crise économique. J'ai choisi le bon moment pour prendre ma retraite. A la maison, c'était toujours pareil. Simone et moi ne nous parlions pas, nous cohabitions. Mais nous n'étions pas si mal que ça tous les deux ensemble. Simone avait fait son deuil de l'idée de maternité, et s'occupait de diverses bonnes oeuvres, elle était en particulier très active pour le Secours Populaire. Elle aimait récolter des vêtements pour les enfants, elle adorait organiser des loteries le dimanche à la salle des fêtes du quartier. C'était sa vie, ces petites marques de solidarité. Quant à moi, j'étais membre du bureau national du PC, j'ai même participé à l'élaboration du programme commun avec le PS.

Ma soeur est décédée en 1978. Les élections ont aussi été perdues cette année-là. J'ai pris un peu de recul par rapport aux camarades, c'est à cette époque que j'ai décidé que je ne chercherai pas à être réélu sénateur. Simone a perdu sa mère en 1979, et moi mon père en 1980. Puis c'est ma mère qui nous a quittés, en 1982. Les deuils se sont enchaînés et ne semblent plus vouloir s'arrêter. Mitterrand est président, des camarades ont fait partie du gouvernement, et Simone va quitter ce monde dans quelques jours, en ce début 1983. Dans trois ans à peine je ne serai plus sénateur, je n'aurai plus qu'à attendre de rejoindre mon épouse tranquillement.

Simone avait mal à l'estomac en permanence. Je pensais qu'elle était fatiguée, stressée.

– Par quoi veux-tu que je sois stressée, je ne fais rien de la journée ?

– Je ne sais pas, c'est peut-être au Secours que tu te fatigues trop !

– Je n'y vais presque plus, tu le sais !

Simone avait mauvaise mine, en effet. Mais j'étais loin d'imaginer que c'était parce qu'elle avait un cancer de l'estomac.

Simone est allée chez le médecin. Notre vieux médecin de famille, en qui nous avons une entière confiance. Il n'a rien trouvé de particulier, et nous a recommandé de repasser à son cabinet si les douleurs à l'estomac ne disparaissaient pas. Et en effet, elles n'ont pas disparu. Finalement, le docteur a prescrit une échographie qui a révélé une tumeur à l'estomac.

C'est notre médecin qui a appris la nouvelle à ma femme. En rentrant à la maison, elle était bleue et tremblante. Les yeux encore mouillés.

– J'ai un cancer. Une tumeur à l'estomac.

Je suis tombé sur le canapé. J'aurais voulu être assez tendre pour la prendre dans mes bras et tenter de la rassurer, mais j'ai toujours été trop froid. Simone l'a presque pris sur le ton de la rigolade, mais je sais bien que ce n'était que pour essayer de donner le change.

– L'avantage, c'est que je n'ai pas d'enfant à qui annoncer la mauvaise nouvelle.

Une tumeur très développée. Il a fallu opérer Simone d'urgence pour éliminer la tumeur. Ensuite, il y a eu un mieux. Les examens semblaient plutôt bons, même si les médecins restaient très prudents. Et puis tout s'est accéléré. Cancer généralisé, il n'y a plus rien à faire. Ils ont dit qu'il restait entre deux mois et deux ans avant que le cancer ne remporte la bataille, car il la remporte toujours dans ces cas-là.

Simone s'est battue autant qu'elle a pu. Mais c'était joué d'avance. Les traitements n'ont rien donné, à part des vomissements sans fin et des douleurs insupportables. Les médecins ont décidé au bout d'un moment de renoncer à combattre la maladie, ils ont jeté l'éponge car il n'y avait aucune chance de guérison et les traitements étaient pires que le mal en lui-même.

– Tu sais, Julien, je n'en ai plus pour longtemps.

D'entendre ça de la bouche de sa femme, c'est encore pire que de la bouche du médecin. Lui, c'est son métier, il dit ça tous les jours. Mais elle, c'est la seule fois qu'elle l'a dit, c'en est d'autant plus fort, plus insupportable. Elle m'a dit ça il y a une semaine, sur son lit d'hôpital. Je lui tenais la main, elle avait les yeux fermés. Je lui ai répondu qu'elle ne devait pas dire cela, qu'elle allait rester encore un peu avec moi.

– Tu ne peux pas me laisser seul. Comment je vais faire ?

J'ai dit cela en souriant. Mais le cœur n'y était plus, j'avais envie de pleurer. J'ai dû attendre qu'elle s'endorme pour pleurer, dans le couloir. Une infirmière très gentille est venue me parler pour me réconforter un peu, mais je n'ai pas entendu ce qu'elle me disait, j'étais bien trop mal.

Elle ne parle plus depuis deux jours. Elle ouvre encore les yeux, avec ce regard triste et insoutenable, mais les referme très vite, la force lui manque. Elle serait déjà morte si elle ne respirait pas avec des tuyaux. Je continue de serrer sa main dans la mienne, toute la journée, en souhaitant que ça calme un peu sa douleur.

Les camarades du Parti sont presque tous venus la voir. A chaque fois, ça me fait pleurer de savoir qu'ils pensent à elle, et à moi. Après leurs visites, je suis souvent obligé d'aller prendre l'air au square pour me remettre de toutes ces émotions.

Nous sommes jeudi matin, et il pleut depuis trois jours. Simone ne respire plus, cette fois c'est terminé. Elle n'est plus. Je suis presque soulagé, je n'aurais pas voulu qu'elle continue à souffrir longtemps. Et puis, je sens ce grand vide. Elle n'est plus là, elle ne sera plus jamais là.

– Adieu, Simone.

J’ai embrassé son front, et puis le médecin est entré dans la chambre pour constater le décès.

– Adieu.

Sonia.

– Enfin !

– Oui, désolé, je suis en retard, Sonia.

– Je commençais à m'impatienter !

– J'imagine… C'est tellement dur de se passer de moi !

– Tu peux pas imaginer, Juju…

– Arrête de te moquer, et arrête de m'appeler Juju !

– Je me moque pas, j'étais en train de pleurer, comme une enfant abandonnée.

– Tu parles !

– Snif…

– Je ne dis pas que tu mens… Mais ça m'étonnerait beaucoup.

– Que je pleure pour toi ?

– Oui.

– Pourquoi tu dis ça? Je suis capable de pleurer devant un dessin animé…

– Tu es folle.

– Tu ne le savais pas encore ?

– Je m'en doutais un peu, ça se confirme, c'est tout.

– Je ne l'ai jamais caché, remarque.

– C'est vrai, tu es folle, Sonia. Et au moins, tu es honnête, tu ne cherches pas à le cacher.

– Que serait le monde sans folie ?

– Tristesse.
– Monotonie.
– Vive la folie alors !
– Oui !
– Vive nous aussi, et puis vive la République !
– Hein ?
– Vive le Général !
– N'importe quoi, vraiment.
– Et surtout, vive le Fanta goût orange.
– C'est trop bon le Fanta.
– Merde, j'ai un message de Nadia sur mon portable…
– Elle va bien ?
– Elle m'emmerde cette fille.
– C'est ça, j'y crois. Tu ne vas pas me dire que ça te fait chier quand elle t'appelle.
– Un peu, si.
– Pourtant, tu m'as dit qu'elle t'attire.
– Mais elle joue avec mes sentiments, j'en ai marre.
– Je comprends. Tu as un portable, donc ?
– Oui. Et toi ?
– Oui aussi.
– Et ?
– Et quoi ?
– Je pensais que tu allais me demander mon numéro.
– Ha bon.
– Tu le veux ?
– Non.
– D'accord.
– Je plaisante, je le veux bien en fait.
– Toi et tes blagues… Je rigole trop avec toi…
– Je sais, je suis un peu lourde parfois.
– Tes blagues sont presque aussi nulles que les miennes. C'est dire !
– Je n'atteins pas encore ton niveau quand-même. Un jour, peut-être !
– Je suis le maître de la blague nulle, et j'en suis très fier.
– Tu es le maître de quelque chose au moins… C'est pas si mal.
– Tu as quoi comme portable ?

– Un vieux.
– Oui, mais comme réseau ?
– Bouygues.
– Dommage…
– Pourquoi ? Tu as SFR ?
– Oui, j'ai le forfait gratuit le soir et le week-end.
– Quelle chance !
– J'aurais pu t'appeler toute la nuit, ma petite Sonia !
–…
– Je t'aurais fait la compilation de mes blagues les plus nulles.
– Mon rêve ! Tu pourras toujours m'offrir cette compilation pour Noël.
– Tu fais quoi demain ?
– Je ne sais pas.
– Moi, j'ai huit heures de cours !
– Je penserai à toi !
– Mais je pense que je ne vais pas aller à tous les cours, ça me saoule.
– Ha bon ? Ce n'est pas très sérieux !
– Je sais, maman. J'en ai franchement marre des cours en ce moment, je suis impatient d'être en vacances.
– Encore quinze jours et c'est Noël !
– Enfin !
– Tu te connectes, demain ?
– Je ne sais pas trop, il faut que je passe à la FNAC aussi.
– Tu y vas tous les jours !
– Presque !
– Toi et la FNAC… C'est un vrai mariage d'amour !
– Plus que ça, même. J'ai gagné un disque à un concours, il faut que j'aille le chercher.
– C'est quoi ?
– Je ne sais même pas, je crois que c'est le disque d'une comédie musicale.
– C'est sympa.
– Il ne m'aura pas coûté cher au moins. Je ne pense pas que ça soit terrible, mais bon.
– S'il ne te plait pas, tu pourras toujours l'offrir à Nadia.
– Lâche-moi un peu avec elle !

– D'habitude, c'est toi qui n'arrêtes pas de me parler d'elle…

– J'ai abandonné. Elle m'énerve trop, je ne veux plus entendre parler d'elle !

– Je vais être déconnectée.

– Tu reviens ?

– Oui. A tout de suite !

– Me revoici !

– Ouf !

– Quoi ?

– Je commençais à croire que tu ne reviendrais pas !

– Mais si !

– C'est chiant d'être déconnecté comme ça.

– On parlait de quoi, Juju ?

– Arrête de m'appeler comme ça, je te l'ai déjà dit.

– Mais j'aime bien ce surnom !

– Pas moi !

– Pourquoi ?

– Aucune idée, mais il y a déjà mon père qui m'appelle comme ça depuis toujours, j'ai horreur de ça.

– Bon, je t'appelle comment alors ?

– Bah Julien.

– D'accord, à vos ordres !

– Bah, je t'appelle Sonia, moi. Je t'appelle pas Soso, ou Niania, ou je sais pas quoi.

– C'est vrai. Juju…

– Donc, on disait quoi ?

– Je ne sais plus.

– Cool…

– Si, on disait que tu allais chercher ton CD demain.

– Oui.

– De toute façon, je pense que je serai là en fin d'après-midi, je me connecterai, on pourra discuter.

– D'accord.

– Tu seras là ?

– En principe, de toute façon on se retrouvera bien à un moment ou un autre.

– On finit toujours par se retrouver. Comme on passe nos journées sur Internet !

– Moins, en ce moment, non ?

– Quand-même, au moins quatre heures par jour pour moi, ça fait beaucoup !

– Remarque, j'y passe bien quatre heures par jour aussi !

– Donc on se retrouvera forcément.

– Tu passes le Nouvel An chez tes parents ?

– Je ne sais pas encore, je rentre pour Noël au moins cinq jours, après je ne sais pas si je reviens à Toulouse pour le 31. Et toi ?

– Je ne sais pas trop.

– Tu as quelque chose de prévu ?

– En fait, j'ai le choix entre plusieurs trucs.

– Et ?

– Soit avec ma cousine, soit avec des amis, soit en famille.

– Soit une partouse.

– Possible.

– Ah ouais ?

– Possible…

–…

– Je rigole, c'est pas trop mon genre.

– Je sais bien.

– Et puis je ne suis pas du genre à prendre des risques.

– Quels risques ?

– Coucher avec n'importe qui, par exemple. Je suis pas comme toi !

– N'importe quoi.

– Quoi ?

– Tu sais que ce n'est pas mon genre non-plus.

– Menteur, en fait c'est ton genre mais tu es si moche que personne n'accepte de coucher avec toi, sinon tu n'arrêterais pas.

– Tu me connais trop bien, décidément !

– Je ne dis que des conneries aujourd'hui !

– C'est la fatigue, Sonia.

– Quelle fatigue ? Je n'ai rien fichu de la journée !

– Pour une fois que je te trouve une excuse…

– Pardon. Oui, c'est la fatigue. J'ai tellement travaillé !

– Pour changer de sujet…
– Bonne idée !
– Tu t'habilles comment, en général ?
– C'est drôle, je voulais te poser la même question depuis l'autre jour.
– C'est vrai ?
– C'est marrant.
– Alors, répond !
– Plutôt classique, pas sport sauf les baskets de temps en temps. Le plus souvent, en pantalon, et très rarement en jupe.
– D'accord.
– Cela vous va, Monsieur Julien ?
– Oui, je n'aime pas les filles en jogging.
– Bah, ça tombe bien.
– Je trouve que ça fait vulgaire.
– Je suis d'accord.
– Attend deux minutes, mon téléphone sonne.
– D'accord.
– C'est Nadia.
– Je te laisse répondre.
– C'est bon, je peux taper en étant au téléphone.
– Tu es trop fort…
– Merci, je sais ! Elle me gonfle.
– Pourquoi elle appelle ?
– Comme ça, pour entendre ma voix…
– Hum…
– Elle est si belle, ma voix de tapette…
– Arrête.
– Je vais être déconnecté en plus. Je reviens dès que j'en ai fini avec Nadia.
– D'accord, je t'attends.

– Je suis là !
– Déjà ?
– Pourquoi ?
– Je pensais que ta conversation avec cette fameuse Nadia prendrait plus de temps !

– Non, j'ai fait vite.
– Tu l'as envoyée balader ?
– Un peu.
– Tu es bête, samedi encore tu voulais sortir avec elle.
– J'en ai marre de faire le chat et de courir après elle.
– Tu lui as dit quoi ?
– Que je ne voulais plus qu'on s'appelle.
– Elle a dit quoi ?
– Rien.
– C'est pas gai…
– Revenons à nos vêtements.
– Comme tu veux.
– Tu t'habilles sexy ?
– J'aime bien les robes l'été.
– D'accord.
– Donc, parfois sexy, mais pas vulgaire.
– Très bien, alors !
– Je déteste le style pouffiasse.
– Moi aussi !
– Et toi, quel est ton style ?
– Heu… Je n'ai pas vraiment de style !
– Ah bon ?
– Oui, ça change beaucoup selon mes périodes.
– Explique !
– Je prends parfois le style surfer.
– J'adore !
– Pantalon baggy et toute la panoplie.
– Avec les colliers autour du cou, aussi ?
– Oui ! Parfois, c'est plutôt le style grunge.
– Grunge ?
– Comme à la grande époque de Nirvana, avec le jeans coupé et les chemises de bûcheron.
– Tu écoutes Nirvana ?
– Un peu ! Je suis de la génération Nirvana, j'ai même pleuré le jour où Kurt est mort…
– A ce point ?

– Je te jure que c'est vrai, je me souviens de ce jour, mes potes et moi on pleurait tous au bahut !

– Pfff…

– Ne te moque pas, on était jeune et rebelle ! Donc, en souvenir de cette époque, je ressors parfois les habits grunge du placard !

– C'est du joli !

– Sinon, je me la joue un peu racaille parfois.

– Je déteste ce style !

– Et, enfin, je sors quelquefois le manteau rose fluo.

– Tu te moques de moi.

– Pas du tout, je te jure que j'ai un manteau rose fluo et que je le porte parfois.

– C'est pas possible…

– Si ! Il fait ressortir mes yeux.

– Ils sont roses aussi, tes yeux ?

– Non, andouille, bleus.

– Tu dois avoir l'air malin en rose !

– J'avoue que ça me donne un air légèrement pédé.

– Si ce n'est qu'un air, ça va !

– N'aie pas peur.

– Et comme chaussures ?

– Des baskets, toujours. J'ai une paire de Reebok noires, je ne m'en sépare jamais.

– Moi aussi je mets souvent des baskets noires.

– Et puis, en hiver, j'ai toujours un bonnet sur la tête.

– Au moins, ça tient chaud.

– C'est le but du jeu.

– Quand-même, un manteau rose fluo…

– Je l'ai depuis le lycée en plus, tout le monde me dit qu'il me va bien !

– Tu fais comme tu veux de toute façon. C'est ta vie, c'est ton manteau !

– Merci, Sonia, de me laisser décider quel manteau porter.

– De rien.

– Je vais devoir te laisser, je me lève tôt demain, je vais me coucher.

– C'est vrai qu'il est déjà tard.

– A demain sûrement.

– J'espère.

– Fais de beaux rêves.
– Toi aussi, rêve bien de Nadia.
– Non, c'est fini ça, je vais plutôt rêver de Sonia.
– Ah bon ?
– Oui.
– Alors je vais rêver de Julien, moi.
– Comme ça on sera à égalité.
– Pas de problème.
– Bonne nuit.
– Bisous.
– Bisous aussi.
– Ciao.
– Bye.

Sylvie.

Dix-neuf ans de mariage qui finissent ainsi, c'est bien triste.

Il ne faut pas se raconter d'histoire. La comédie n'a que trop duré. Elle ne m'aimait plus, je ne l'aimais plus, nous restions ensemble par habitude, rien de plus. La passion n'existe plus, depuis le mariage en fait, il n'y avait plus rien depuis tant d'années. Les heures passées ensemble devant la télé, le soir, sans rien se dire, sans rien partager avec l'autre, comme deux étrangers n'ayant que le programme télé en commun. Sylvie ne m'adressait que rarement la parole, nous ne vivions plus ensemble, nous coexistions. Rien de plus.

Sylvie a été très belle. Je l'ai connue il y a plus de vingt ans, sur les bancs de la fac. Elle était la plus belle de tout l'amphi, sans aucun doute possible. Belle, douce, drôle, pleine de grâce. Et surtout, les plus beaux seins que je n'aie jamais vus, une poitrine à mourir. Nous étions en lettres, et nous nous sommes trouvés. A l'époque, elle était brune, les cheveux longs et raides, toujours brillants. Sylvie… Comme je t'ai désirée, comme j'ai eu envie de toi ! J'ai mis longtemps à lui parler, mais j'ai osé, un matin où j'étais assis derrière elle dans l'amphi, et puis nous sommes allés boire un café ensemble, le soir-même, et puis nous nous sommes aimés. Beaucoup aimés. Elle est devenue prof de lettres un an après notre rencontre, et moi je suis devenu journaliste quelques jours après. Notre fils est né dans la foulée, tout allait si bien. Fabrice était un bébé adorable, très éveillé, nous l'avons aimé du mieux que nous avons pu. Mais la maladie l'a emporté, dans sa deuxième année. Personne ne s'en est remis. Sylvie pleurait sans cesse, je n'avais pas assez de force pour la consoler. J'ai voulu un autre bébé, Sylvie n'a jamais voulu, pour ne pas revivre la perte d'un enfant, pour ne pas oublier Fabrice non-plus.

Sylvie était très belle. Le décès de Fabrice l'a fanée. Un soir, sur l'oreiller, nous avons enfin reparlé.

– Sylvie, tu es malheureuse avec moi ?

– Oui.

– Tu veux me quitter ?

– Je voudrais que Fabrice soit là.

– Moi aussi.

– Je voudrais qu'il ne soit pas mort.

J'ai essayé de l'embrasser. Je ne l'avais plus embrassée depuis la mort de Fabrice. Je pensais qu'elle voudrait m'embrasser, que cela lui procurerait un peu de réconfort, je pensais qu'elle avait besoin d'une présence, d'un contact, d'un peu de tendresse. Mais elle a détourné la tête quand j'ai approché mes lèvres. J'ai compris que quelque chose s'était cassé, mais je ne savais pas que c'était définitif. J'aimais Sylvie à ce moment-là, et je ne voulais pas la perdre, avoir perdu Fabrice était déjà bien assez dur à vivre.

– Sylvie ?

– Quoi ?

– Veux-tu m'épouser ?

– Oui.

Ce mariage fut une erreur. La plus grande erreur de ma vie. Je n'aurais pas dû la demander en mariage. Sylvie ne m'aimait déjà plus, depuis que son enfant était parti. Le mariage fut célébré dans l'intimité, nous n'avions pas le cœur à faire une grande fête.

Sylvie ne m'a jamais reparlé. Si, elle m'a parlé pour dire les mots de tous les jours, les mots des petites affaires quotidiennes dans un couple. Mais elle ne s'est plus jamais confiée à moi, elle ne m'a jamais plus confié un secret, elle ne m'a jamais plus fait part de ses états d'âme. Et très vite je ne l'ai plus aimée. Je suis tombé amoureux de mon travail, qui m'a pris toute mon énergie et tout mon temps, un mur s'est construit progressivement entre elle et moi, et nous avons laissé faire. Je ne l'ai jamais trompée, je ne suis jamais allé voir une autre femme, je n'en ai même jamais eu l'idée. Pourtant, je n'ai quasiment jamais retouché Sylvie après notre mariage. Mon boulot était ma maîtresse.

Je ne comprends toujours pas pourquoi elle a accepté de m'épouser. Elle devait se sentir si seule, à cause de Fabrice, et elle s'est raccrochée à ce mariage, peut-être en imaginant comme moi qu'il allait tout arranger. Ou peut-être parce qu'elle allait si mal qu'elle avait besoin de m'épouser pour ne pas sombrer complètement, besoin d'être avec moi même sans m'aimer. Je ne sais pas. Dix-neuf ans après ce mariage, je ne sais toujours pas.

Et me voici au bout du chemin, aujourd'hui. Sylvie est partie de la maison il y a quinze jours, sans explication. Elle demande le divorce. Elle ne veut rien, je peux tout garder, elle veut juste me quitter. Je l'ai appelée sur son portable. Pas pour lui demander de s'expliquer, je sais déjà trop qu'on ne s'aime plus, mais juste pour lui dire qu'elle peut reprendre ses affaires, que je ne ferai pas d'histoire. Un divorce par consentement mutuel. Elle doit passer ce matin prendre quelques affaires auxquelles elle tient, puis ce sera fini pour de bon. Je ne la reverrai plus, une vingtaine d'années de vie commune sera à effacer. Nous sommes le premier samedi de juillet, la matinée s'achève doucement, il fait frais et quelques gouttes de pluie me mouillent les cheveux, j'attends celle qui sera bientôt mon ex-femme devant le portail pour qu'elle vide la maison.

Elle m'a dit onze heures, elle est arrivée en avance de deux minutes. Elle a toujours été ponctuelle. Elle est descendue de sa petite voiture verte, qu'elle ne veut pas changer. Elle est pourtant toute rouillée, elle fonctionne quand elle en a envie, mais Sylvie est attachée à cette voiture, elle n'en voudra pas d'autre aussi longtemps que celle-ci roulera.

– Bonjour, Julien.

– Tu vas bien ?

Elle n'a pas répondu, trop occupée à fermer sa voiture à clef. Elle est entrée dans la maison, dans ce pavillon qui fut le sien pendant douze ans.

Nous avons quitté Paris pour cette petite ville de province, je pensais que cela nous rapprocherait l'un de l'autre. Je m'imaginais qu'en fuyant le stress de Paris, son bruit et sa folie, Sylvie serait plus heureuse, qu'elle penserait moins à Fabrice ici, j'espérais que l'on s'aimerait de nouveau en repartant sur de nouvelles bases ailleurs. Mais le pavillon n'a rien changé à l'affaire, la nouvelle ville n'a rien arrangé.

Sylvie n'est plus belle. Elle est grosse, elle a perdu son teint, elle a perdu sa poitrine que j'aimais tant. Elle a les cheveux blonds depuis dix ans, cela lui va mal mais elle persiste. Elle est toujours professeur, dans un petit lycée de province. Elle porte des lunettes maintenant, elle a le look banal de la prof de français.

– Je t'ai fait du café.

– C'est gentil, mais je suis déjà assez nerveuse. J'aimerais récupérer mes affaires assez vite, qu'on en finisse.

– Au moins, c'est clair…

– Je ne vais pas te raconter d'histoires, je suis là pour prendre ce qui m'appartient et partir.

– Je sais. Vas-y, prend ce qui est à toi.

Sylvie est allée dans la chambre. Elle a sorti une valise du placard, et y a enfourné ses culottes et autres vêtements. Quelques livres dans une autre valise, et ses crayons à maquillage dans un petit sac, voilà.

– C'est fait.

– Tu ne prends rien d'autre ? Tu ne veux pas garder les photos ?

– Quelles photos ?

– Des photos de nous, les photos de Fabrice.

J'ai prononcé le prénom interdit. Au moins dix ans que je ne l'avais pas prononcé devant elle. Au moins dix ans que c'était tabou, dix ans au cours desquels nous avons fait comme si Fabrice n'était jamais né, n'était jamais mort. Dix ans de silence, une décennie à éviter de penser aux photos de notre bébé qui sont au fond de l'armoire du salon. Sylvie avait voulu jeter ces photos, lors du déménagement, mais c'était trop dur. Même les jeter était trop dur. Alors les photos sont au fond de l'armoire, rangées sous une pile de papiers de banque et de factures, cachées.

– Fabrice est mort.

Elle m'a dit cela comme si elle m'apprenait la chose. Comme si Fabrice venait de mourir. Il est pourtant décédé il y a plus de vingt ans, je n'ai pas oublié. Comment aurais-je pu oublier, d'ailleurs, comment un père pourrait-il oublier que son fils est mort ?

– Je le sais qu'il est mort, pourquoi tu me dis ça ?

– Je n'en veux pas de ces photos. Tu le sais que je n'en veux pas en plus, tu fais ça pour que j'aie mal, tu fais ça pour te venger !

Sylvie a dit cela en criant. Une engueulade. Cela fait tellement longtemps qu'on ne s'est pas engueulé. Parce qu'il n'y a plus d'amour entre nous, plus de passion, plus rien, alors aucune raison de s'engueuler.

– Me venger de quoi ?

– Te venger de moi parce que je pars.

– Tu penses vraiment que je te parle de lui parce que je veux me venger ? Pour me venger de ton départ ?

Je me suis assis. Nous sommes dans la cuisine, j'ai pris une chaise et me suis assis autour de la table. Elle est debout, devant la porte qui donne dans le jardin. Elle reprend :

– Oui. Tu fais tout ça pour me faire mal, pour faire revenir cette douleur, pour compenser la douleur qui est en toi à cause de notre séparation.

N'importe quoi. Elle dit n'importe quoi. Je ne ressens pas de douleur, son départ ne me fait pas mal. On ne s'aime plus, il n'y a plus rien entre nous depuis presque vingt ans, alors il n'y a pas de douleur.

– Je ne t'aime plus Sylvie. Je ne t'aime plus depuis notre mariage si tu veux savoir. Alors tu peux partir, ça ne me fait rien. Je n'ai aucune envie de me venger. Si j'avais voulu me venger, j'aurais fait des histoires pour le divorce, je n'aurais pas signé tous les papiers. Tu aurais dû partir il y a vingt ans.

– Je sais, j'aurais dû partir il y a longtemps.

Elle s'est calmée. A son tour, elle prend une chaise. C'est presque notre première discussion depuis que Fabrice n'est plus là. Elle me répète qu'elle aurait dû partir avant notre mariage, mais qu'elle n'en a pas eu le courage. J'étais tout ce qu'il lui restait dans la vie. Sylvie a perdu ses parents dans un accident de la route alors qu'elle avait dix-neuf ans, elle était fille unique. A la mort de Fabrice, elle s'est de nouveau retrouvée seule au monde, j'étais l'unique bouée à laquelle elle pouvait se raccrocher. C'est pour cela qu'elle n'est pas partie. C'est pour cela qu'elle m'a épousé, pour ne pas se retrouver complètement seule.

– Et toi, Julien, pourquoi tu n'es pas parti ?

– Je n'en sais rien. Manque de courage, manque d'affection.

– Tu le regrettes ?

– Oui. Je t'ai fait perdre ton temps avec moi, tu aurais été plus heureuse sans moi. Tu aurais oublié plus facilement. Et j'aurais refait ma vie, j'aurais eu des enfants.

– Tu peux encore le faire.

– Tu plaisantes ?

– Tu es encore jeune, Julien. Les hommes peuvent refaire leur vie facilement. Tu es encore beau, pas comme moi.

– Pourquoi tu dis ça ?

– Pourquoi je dis que je suis moche ? Si tu me regardais encore, tu le verrais. Je suis devenue une grosse vache.

– Tu exagères.

Je dis cela, mais c'est vrai qu'elle est devenue une grosse vache. Elle a pris du poids petit à petit, jusqu'à devenir laide. Elle qui a été si belle. Elle n'est pas obèse, mais a vingt bons kilos en trop.

Sylvie est malheureuse. Depuis toujours, en fait. Je ne l'ai jamais connue vraiment heureuse, même quand nous étions amoureux. Elle était un peu moins malheureuse, voilà tout. Mais ses parents disparus trop tôt, son fils pareil, un mariage raté et le manque de courage pour reprendre sa liberté, c'est suffisant pour que Sylvie soit malheureuse.

– Tu vas refaire ta vie ?

– Je ne sais pas. Tu sais, ce n'est pas pour te donner des regrets, mais je ne t'ai jamais trompée.

– Je le sais. De toute façon, avec ton boulot, tu n'aurais pas eu le temps de le faire. Moi non-plus je ne t'ai jamais trompé, Julien.

C'est déjà ça. Elle continue :

– Tu veux avoir des enfants ?

– J'aurais aimé en avoir. J'aurais aimé qu'on oublie Fabrice et qu'on recommence tout à zéro. Que tu retombes enceinte.

– Je ne veux plus d'enfant. Je n'en voulais plus, et maintenant la question ne se pose plus puisque je ne pourrais même plus en avoir si j'en avais envie. Alors, comme ça, je suis tranquille.

C'est étrange comme on se parle, aujourd'hui, après toutes ces années de silence. On se parle aujourd'hui, alors qu'elle me quitte, et qu'on ne se reverra plus. Comme une conversation d'adieux.

Sylvie prend un café. Ce café qu'elle avait refusé quelques minutes auparavant. Je lui ai demandé si elle voyait un autre homme.

– Bien-sûr que non. Avec la tête que j'ai, je ne vois pas quel homme accepterait d'avoir une relation avec moi.

– Et tu vis où en ce moment ?

– Je suis chez une collègue. Je vais me prendre un studio près du lycée. Comme ça, je n'emmerderai plus personne.

Ces paroles ont fait tilt dans ma tête. Ce sont celles d'une personne qui veut se foutre en l'air. J'ai le sentiment que Sylvie n'a plus envie de vivre, et qu'elle finira par se suicider, tôt ou tard.

– Pourquoi tu me quittes alors ?

– Je te l'ai expliqué.

– Je pensais que tu avais quelqu'un d'autre, ou des projets.

– Non. J'ai juste envie d'être seule, vraiment. D'arrêter de faire comme si j'étais entourée alors qu'au fond je suis seule, même avec toi. J'ai envie qu'on me foute la paix. J'ai envie de crever toute seule dans mon coin.

Voilà. Elle l'a dit. Sylvie veut crever.

Je ne sais pas quoi lui répondre. Elle est malheureuse, elle a envie de crever. Elle est encore ma femme, mais me quitte pour que je lui foute la paix, pour que je ne l'aide pas.

– Va pas faire de connerie.

– Quoi comme connerie ?

– Te tirer une balle, ou quelque chose comme ça.

– Mais non, Julien. J'ai envie de crever mais je n'aurai jamais le courage de me tirer une balle. Il m'a fallu vingt ans pour quitter un homme que je n'aimais pas, alors il m'en faudra bien cent soixante pour me suicider.

Elle a dit cela presque en riant. Elle qui ne rit jamais, elle qui n'a plus d'humour depuis la mort de son bébé, la voici qui plaisante sur le suicide et sur son manque de courage. Elle qui ne me parle plus, la voici qui me déballe ses états d'âme. Elle qui est restée dix-neuf ans ma femme sans m'aimer, la voici qui me quitte. Tout est étrange aujourd'hui.

– Je vais y aller.

Sylvie s'est levée. Elle a fini son café, le déballage des sentiments semble terminé.

– Je vais porter tes valises.

Elle a ouvert la porte et s'avance dans le petit jardin. Je la suis, les bagages à la main. Elle passe le portail, et ouvre le ccffre de sa voiture.

– Tu devrais vraiment changer de bagnole. Elle va finir par te lâcher sur la route.

– J'ai pris rendez-vous avec un concessionnaire pour demain. Je vais m'en payer une toute neuve.

Décidément, je vais de surprise en surprise. Elle va changer de voiture, on aura tout entendu aujourd'hui.

J'ai posé ses deux valises dans le coffre, ainsi que le petit sac avec son maquillage. Elle s'est assise, prête à démarrer. Je claque le coffre, elle ferme sa portière.

Je lui demande :

– Tu viendras me voir, de temps en temps ?

– Non. Comprend-moi, je n'ai rien contre toi, je ne te reproche rien. Je veux juste quitter cette vie d'avant. Et toi, tu fais partie de cette vie d'avant, tu es cette vie. Je voudrais ne plus jamais te voir. T'oublier, oublier Fabrice, oublier ma vie.

– D'accord.

Je ne vois pas ce que je pourrais dire d'autre que "d'accord". Elle ne me demande pas mon avis. Elle veut tout reprendre à zéro, alors je n'ai pas à m'accrocher.

– Merci pour tout quand-même, Julien. Et bon courage pour la suite.

– Toi aussi, bon courage.

Elle a remonté la vitre, a démarré.

Voilà, Sylvie ne fait plus partie de ma vie.
Adieu.

Imprimé en France
ISBN 2-84871-008-X
Dépôt légal : 1e Trimestre 2003